夏承焘 著

吴无闻 注

瞿髯论词绝句

（典藏本）

中 华 书 局

图书在版编目(CIP)数据

瞿髯论词绝句:典藏本/夏承焘著;吴无闻注. —北京:中华书局,2017.7

ISBN 978-7-101-12626-6

Ⅰ.瞿…　Ⅱ.①夏…②吴…　Ⅲ.绝句-诗集-中国-当代　Ⅳ.I227.7

中国版本图书馆 CIP 数据核字(2017)第 136578 号

书　　名	瞿髯论词绝句(典藏本)
著　　者	夏承焘
注　　者	吴无闻
责任编辑	李世文
出版发行	中华书局
	(北京市丰台区太平桥西里 38 号　100073)
	http://www.zhbc.com.cn
	E-mail:zhbc@zhbc.com.cn
印　　刷	北京瑞古冠中印刷厂
版　　次	2017 年 7 月北京第 1 版
	2017 年 7 月北京第 1 次印刷
规　　格	开本/850×1168 毫米　1/32
	印张 7⅜　插页 2　字数 100 千字
印　　数	1-8000 册
国际书号	ISBN 978-7-101-12626-6
定　　价	39.00 元

出版说明

　　《瞿髯论词绝句》是夏承焘先生品评历代重要词家的一部名作，吴无闻女士作注释和题解，由中华书局于一九七九年三月初版，收诗八十二首。一九八三年二月再版，收诗增至百首。此后，一九九八年出版的《夏承焘集》，据我局再版本收入该书，"而于注释稍有删润"（第二册《编后记》）。

　　本次新版，据我局一九八三年增订版重予校排，订正了注解中若干史实、书名误记和引文失校之处。另据《月轮山词论集》（中华书局一九七九年版）收入《李清照词的艺术特色》、《论陆游词》、《姜夔的词风》三文作为附录，以方便读者更好地了解夏承焘先生的词学观点。

　　承吴常云先生慨允再版，谨此致谢。

中华书局编辑部

二〇一七年六月

目　录

前　言

予年三十，谒朱彊村先生于上海。先生见予论辛词"青兕词坛一老兵"绝句，问："何不多为之？"中心藏之，因循未能着笔。六十馀岁，禁足居西湖，乃陆续积稿得数十首，亦仓卒未写定。一九七三年春，无闻检箧得之，取以相玩，谓稍加理董，或可承教通学。爰以暇日，同斟酌疏释。近三年来，以宿疾来京治疗，出版单位诸同志时来督勉，乃随改随增，至一九七八年初春脱稿，共得八十馀首。上距初谒彊村先生时，将五十年矣。回溯初着笔时，予客钱塘江上之月轮楼，方在壮年。今藏事于北京之天风阁，则垂垂老矣。并世方家，倘蒙指教，片辞之锡，拱璧承之。夏承焘一九七九年春书，时年八十。

唐教坊曲

乐府谁能作补亡，纷纷绮语学高唐。

民间哀怨敦煌曲，一脉真传出教坊。

【注释】

乐府——汉武帝时始立乐府。本是国立音乐机构，所以叫"府"。其后，朝廷、宗庙所用乐章和民间歌曲，凡被于管弦者，都叫乐府。唐、宋以后的词，金、元的南北曲，都是它的后裔或变体。　补亡——北宋晏幾道的《小山词》，又名《乐府补亡》。

绮语——凡文辞多藻饰的叫绮语。梁武帝文："所言国美，皆非事实，不无绮语过也。"后世骚人积习，多喜用美人香草作比喻，凡涉及闺房者，都叫绮语。　高唐——宋玉有《高唐赋》。宋黄庭坚为晏幾道的《乐府补亡》作序，把《乐府补亡》比作宋玉的《高唐赋》。后代词家，喜学宋玉的《高唐赋》，描述男女爱情。

敦煌曲——晚清光绪年间，甘肃省敦煌石窟里发现了几百首写本曲子词。这些敦煌曲子词大都诉述民间疾苦，反映了人民的真实生活。

教坊——宋高承《事物纪原》："唐明皇开元二年，于蓬莱宫侧始立教坊，以隶散乐倡优曼衍之戏。"敦煌曲是从唐教坊这条脉络上传下来的。

【题解】

这首诗是探索词的渊源。认为敦煌曲是词的初型，而敦煌曲又是从唐教坊出来的。词的前身是民间小调，见于唐朝崔令钦所著《教坊记·曲名表》里。从这些曲名来推测它的内容，如《舍麦子》、《挫碓子》等反映农民的劳动生活，《渔父引》、《拨棹子》等反映渔民的劳动生活，《破阵子》、《怨胡天》等反映军人的斗争生活。这些民间小调对社会现实生活有相当广泛的反映，这可说是唐代的《国风》。中唐时代的诗人李绅、元稹、白居易所作的《新题乐府》，有好些就和这些民间小调的内容相近似。晚唐以后，文人的香艳词多起来了，他们使词逐渐走上了歧路。例如《花间集》里的许多词，是为当时的豪门巨贾以及楚馆秦楼服务的。宋代一般大词人，都受花间派的影响，他们用华丽的辞藻和精巧的雕琢来描写男女爱情，制成了大量的宫词艳曲，即所谓"纷纷绮语学高唐"，它离开了词的正确发展的方向。

填　词

腕底银河落九天，文章放笔肯言"填"！
楼台七宝拳椎碎，谁是词家李谪仙。

【注释】

九天——在广漠的天宇间，分中央、东、南、西、北、东北、西北、东南、西南九天，其说见于《淮南子》。李白诗："咳唾落九天，随风生珠玉。"

肯——哪肯意。　填——即填词之填。依词调的声律填入字句，使音节都与本调相合，所以叫填词。

楼台七宝——南宋末年张炎著《词源》，评吴文英词"如七宝楼台，眩人眼目，碎拆下来，不成片段"。　拳椎碎——李白诗"我且为君椎碎黄鹤楼"。

李谪仙——即李白。白于天宝初年游长安，贺知章看到他的作品，称他为谪仙。

【题解】

"填词"这个辞，始于北宋沈括的《梦溪笔谈》，说词初起，由依乐曲虚声填实字成长短句。宋徽宗崇宁四年（一一〇五）成立大晟府，选用词人及音律家，日制新曲。大晟府作家如万俟雅言，其所著《大声集》中的许多词，都严格地遵守宫律，其《春草碧》一阕，且上下片字字四声相对。这种过分重视阴阳四声的做法，却束缚住词家的笔。他自谓守律，实际上是把创作词的康庄大道变为荆棘小径了。词家作词，应不必过分受声律、包括四声阴阳等形式所束缚。"楼台七宝"句，借以比拟一些只讲究形式的作品，例如上引《春草碧》，徒有华美的形式而已，应用李白"我且为君椎碎黄鹤楼"的精神来椎碎它。

李　白

北里才人记曲名，边关闾巷泪纵横。

青莲妍唱清平调，懊恼宫莺第一声。

【注释】

李白——唐代伟大诗人，字太白。天宝初一度供奉翰林。安、史乱后，因永王李璘事败牵累，流放夜郎。中途遇赦东还，卒于当涂。有《李太白集》。

北里——唐人孙棨《北里志》："平康里入北门，东回三曲，即诸妓所居之聚也。"后世因谓娼妓所居曰北里。　才人——有才之人，指文士，如孙棨这些人。　曲名——指唐崔令钦《教坊记·曲名表》中的一些曲名。此句合下面边关句，说明《曲名表》中诸曲，如《守陵宫》、《怨陵三台》近似《新题乐府》的《陵园妾》；《宫人怨》近似《上阳白发人》；《羌心怨》近似《缚戎人》；《破南蛮》近似《新丰折臂翁》。这些曲子实际就是民间小调，它们诉说了边关闾巷人民的疾苦。而喜唱这些小调的，其中有唐时勾阑中的妓女。

青莲——李白号青莲居士。　妍唱——即艳调。　清平调——词调名。唐明皇与杨贵妃游兴庆宫沉香亭，会木芍药初开，梨园子弟奏乐，明皇曰："赏名花，对妃子，焉用旧曲？"宣召李白，白进"云想衣裳花想容"《清平调》三章。

懊恼——讨厌。　宫莺——比喻宫词的声调。宫词是描写宫廷生活的词。　第一声——谓李白《清平调》可能是唐代宫词的第一首。

【题解】

《曲名表》中的一些民间小调，虽然艺术上还比较粗糙，由于它们能够反映人民疾苦，人民爱唱。李白的《清平调》，辞藻华美，艺术性比较高，但它是为杨贵妃而作的宫词。

张志和

羊裘老子不能诗，苕霅风谣和竹枝。
谁唱箫韶横海去，扶桑千载一竿丝。

【注释】

张志和——唐代诗人，字子同，婺州（今浙江金华）人。肃宗时待诏翰林，后隐居江湖。善歌词，能书画，作品多写隐居的闲散生活。其词今仅存五首，《渔歌子》描写渔翁生活非常生动，为文人作词的先声。

羊裘老子——东汉严光隐居富春江，尝披羊裘钓于江上。

苕霅——二水名，在浙江湖州。唐人张志和的《渔歌子》词，作于湖州。　和——唱和。　竹枝——词调名。唐诗人刘禹锡、白居易都有《竹枝词》。

箫韶——虞舜的音乐。此泛指古代乐曲。

扶桑——古国名。《南史》："扶桑在大汉国东二万馀里……其土多扶桑木，故以为名。"今亦称日本曰扶桑。　一竿丝——指张志和。张志和在唐肃宗时因事贬官，赦还，居江湖间，自号"烟波钓徒"。

【题解】

张志和作《渔歌子》："西塞山边白鹭飞，桃花流水鳜鱼肥。青箬笠，绿蓑衣，斜风细雨不须归。"后四十九年，传至日本，为彼邦词学开山，至今已有一千一百五十多年了。

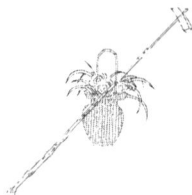

温庭筠

朱门莺燕唱花间，紫塞歌声不惨颜。
昌谷樊川摇首去，让君软语作开山。

【注释】

温庭筠——唐代著名词人，原名岐，字飞卿，太原人。官止国子助教。其词多写闺情，风格秾艳。他是花间派的开创者。

朱门——豪富之家。杜甫诗："朱门酒肉臭。" 莺燕——指闺阁佳人。 花间——指《花间集》。五代时蜀人赵崇祚所选词集名。

紫塞——《古今注》："秦筑长城，土色皆紫，汉塞亦然，故称紫塞焉。" 不惨颜——不悲伤。

昌谷——唐诗人李贺有《昌谷集》。 樊川——唐诗人杜牧有《樊川集》。 摇首——不赞成。

开山——开创者。

【题解】

晚唐词家以边塞声情为艳歌者，始于温庭筠。其词如《蕃女怨》、《遐方怨》、《定西蕃》等，都用艳语填边塞曲调。温庭筠是花间派的开创人物，这一派词风秾艳软媚，故为朱门的绣幌佳人所爱唱。而诗风比较阔大的李贺、杜牧，料想应对它看不惯，摇头而去。

李　珣 一

波斯估客醉巫山，一棹悠然泊水湾。
唱到玄真渔父曲，数声清越出花间。

【注释】

李珣——五代前蜀词人，字德润，家居梓州（今四川三台附近）。蜀亡不仕。其词清婉，多写风土。并工诗，所作《琼瑶集》已佚。又通医理，所著《海药本草》，为李时珍《本草纲目》所引用。

波斯估客——指李珣。李珣先人李苏沙是波斯商人。珣居蜀中，亦兼卖香药。估客，贩货商人。《世说新语》："闻江渚间估客船上，有咏诗声，甚有情致。"

玄真——张志和号玄真子。　渔父曲——指张志和《渔歌子》词。

花间——指《花间集》。

【题解】

《花间集》收李珣词三十七首，其中《渔歌子》四首，可与张志和的"西塞山边白鹭飞，桃花流水鳜鱼肥"小令比美。李珣的《渔歌子》，不仅写出他的恬淡、潇洒的性情，而且词风清越，在《花间集》中别具一格。

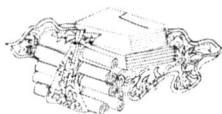

李　珣　二

李家兄妹锦城中，小阁宫词并比工。
待唤周韩商画境，淡眉骑象上屏风。

【注释】

李家兄妹——李珣妹李舜绂被选入蜀宫，为前蜀王衍昭仪。　锦城——《益州记》："锦城在益州南，……昔蜀时故锦官也。"后人泛称成都为锦官城，简称锦城。杜甫诗："锦官城外柏森森。"

小阁——指李珣小令词。　宫词——李舜绂有辞藻，所作《蜀宫应制》、《随驾游青城》、《钓鱼不得》三诗，见《全唐诗》卷七百九十七。

周韩——指唐周昉、韩幹。昉字仲朗。善写貌。所画佛像、仙真、人物、士女，皆称神品。人称韩幹得形似，昉得精神姿致。韩幹善画人物，尤工画马。唐玄宗好大马，西域大宛，岁有来献，命幹悉图其骏，有玉花骢、照夜白等。

淡眉骑象——李珣《南乡子》词："相见处，晚晴天，刺桐花下越台前。暗里回眸深属意，遗双翠，骑象背人先过水。"淡眉，张祜诗："却嫌脂粉污颜色，淡扫蛾眉朝至尊。"

【题解】

李珣《南乡子》"骑象背人先过水"一首，写男女互相爱慕，情景如画。

李　煜　一

泪泉洗面枉生才，再世重瞳遇可哀。

唤起温韦看境界，风花挥手大江来。

【注释】

李煜——五代南唐后主，杰出词人，字重光，号锺山隐居。善诗文、音乐、书画，尤工词。

泪泉洗面——南唐后主李煜，在位十五年，国亡被俘，宋封他为违命侯。降宋后生活痛苦，曾写信给旧宫人说："此间日夕以眼泪洗面。"　枉生才——李白诗："天生我才必有用。"加一"枉"字，是代为惋惜之意。

再世重瞳——项羽目重瞳，李煜亦重瞳。　遇——际遇。

温韦——温庭筠、韦庄，此二人都是花间派词家。

风花挥手——不要花间派风花雪月的意思。　大江——指苏轼《念奴娇》词中"大江东去"句。

【题解】

李煜降宋后写的词，伤今感旧，与亡国之痛相结合，情感真实，形象鲜明，语言清新，艺术成就很高，极为后人所喜爱。他的《虞美人》词"恰似一江春水向东流"，以及其父南唐中主李璟的《摊破浣溪沙》"回首绿波三峡暮，接天流"，似欲摆脱花间派窠臼，下开苏轼"大江东去"一派豪放的词风。

李　煜　二

　　樱桃落尽破重城，挥泪宫娥去国行。
　　千古真情一锺隐，肯抛心力写词经。

【注释】

　　樱桃落尽——《苕溪渔隐丛话》引蔡絛《西清诗话》云："南唐后主围城中作长短句，未就而城破：'樱桃落尽春归去，蝶翻轻粉双飞。子规啼月小楼西。曲阑金箔，惆怅卷金泥。　　门巷寂寥人去后，望残烟草低迷。'余尝见残稿，点染晦昧，心方危窘，不在书耳。"　破重城——指宋师于开宝八年（九七五）十一月二十七乙未夜半攻破南唐都城金陵。

　　挥泪宫娥——《东坡志林》载李煜去国作长短句云："三十馀年家国，数千里地山河。几曾惯干戈？　　一旦归为臣虏，沈腰潘鬓消磨。最是仓皇辞庙日，教坊犹奏别离歌。挥泪对宫娥。"

　　锺隐——李煜号。

【题解】

李煜是杰出词人，而不是政治家。《石林燕语》载："（艺祖）他日复宴后主，顾近臣曰：'好一个翰林学士。'"又《西清诗话》载：艺祖曰："李煜若以作诗工夫治国事，岂为吾虏也。"

北宋词风

九重心事共谁论，酒畔兵权语吐吞。

说与玉田能信否？陈桥驿下有词源。

【注释】

九重——人君所居叫九重。《楚辞》："君门兮九重。"

酒畔兵权——指宋太祖杯酒释兵权事。宋太祖既定天下，与赵普定计，召集禁军将领石守信、王审琦等宴饮，以高官厚禄为条件，解除他们的兵权，以加强中央集权的统治。

玉田——南宋张炎字。

陈桥驿——宋太祖赵匡胤发动兵变夺取后周政权的地方。公元九六〇年，赵匡胤在赵普、石守信等策划下，借口北汉和辽要会师南下，率军离大梁北上防御。行至陈桥驿，将士们把黄袍加在赵匡胤身上，拥立他做皇帝。 词源——指词的源流。这里借用南宋张炎著的《词源》的书名。

【题解】

宋初帝王怕大臣窥伺帝位，鼓励他们饮宴行乐，以消弭其雄心。宋太祖杯酒释兵权，劝石守信等将帅多买歌儿女妓，以娱晚年。宋真宗也说"寇准年少，应戴花饮酒去"。北宋词风软靡，与此种帝王机心有关。用这些话，说给著《词源》的张炎听，他能不能相信呢?

林　逋

巢居阁下采莲乡，学结同心藕腕香。
谁与老逋和妍唱，南邻忍笑水仙王。

【注释】

林逋——北宋词人，字君复，钱塘（今浙江杭州）人。隐居西湖孤山，终身不仕，也不婚娶。世称其"梅妻鹤子"。卒谥和靖先生。有《和靖诗集》。

巢居阁——林逋故居，在杭州西湖孤山。林逋有《巢居阁》绝句云："山水未深猿鸟少，此生犹拟别移居。"

学结同心——林逋《长相思》词："吴山青，越山青，两岸青山相送迎。谁知离别情？　君泪盈，妾泪盈，罗带同心结未成。江头潮已平。"

老逋——林逋。　妍唱——艳词。

水仙王——《西湖志纂》："水仙王庙本伍子胥祠。胥浮尸江上，吴人称为水仙。见《越绝书》。苏轼诗'配食水仙王'，盖谓配食子胥耳。……广润龙王庙，在宝石山。乾道间安抚周淙徙于苏堤第四桥，名水仙王庙，遂以龙王为水仙矣。"后世以水仙王为女神，如陈澧《甘州·朝云墓》词："似家乡水仙祠庙，有西湖为镜照华鬘。"就是一例。

【题解】

林逋是隐士，亦有"同心结未成"的艳体词，使南邻水仙王忍俊不禁。于此足见当时词坛风气。

范仲淹

罗胸兵革酒难温，未勒燕然梦叩阍。
莫怪人嗤穷塞主，歌围舞阵正勾魂。

【注释】

范仲淹——北宋著名政治家、文学家，字希文，吴县（在今江苏）人。大中祥符进士，官至枢密副使，参知政事，谥文正。散文《岳阳楼记》中的"先天下之忧而忧，后天下之乐而乐"二语，为古今传诵的名句。词流传极少，《渔家傲》词慷慨悲壮，为世所称。有《范文正公集》。

罗胸兵革——范仲淹《渔家傲》词："浊酒一杯家万里，燕然未勒归无计。"时人说："小范胸中有百万兵。"

勒燕然——燕然，山名，在今内蒙古自治区。后汉窦宪追北单于，登燕然山，勒（刻）石纪功而回。 叩阍——叩开宫门，面君献策。

嗤——讥笑。 穷塞主——《东轩笔录》："范文正公守边日，作《渔家傲》乐歌数阕，皆以'塞下秋来'为起句，颇述边镇之劳苦，欧阳公尝呼为'穷塞主之词'。"

歌围舞阵正勾魂——唐、宋以来，词为侑酒应歌而作，多沉溺于艳情，欧阳修的词集《醉翁琴趣》也是如此。

【题解】

范仲淹所处的时代，正当北宋与西夏的民族矛盾日益尖锐。他的《渔家傲》词，反映了将士们的边塞生活和苦闷心情。这和他要求政治改革的不能实现，北宋王朝的不自振作，因而长期受到北方少数民族的欺凌有关。从词史角度看，范仲淹的《渔家傲》是苏轼、辛弃疾词派的先声。当时在朝的达官贵人，像晏殊、宋祁、欧阳修等也都爱写词，但他们认为词跟诗不同，词要写得柔婉和细致缠绵。他们词作的题材局限在"绮筵公子、绣幌佳人"的狭隘的生活圈子里，所以欧阳修看不惯范仲淹的反映边塞生活的《渔家傲》，讥笑它是"穷塞主之词"。

欧阳修、柳永

风庭泪眼乱红时，井水传歌到四陲。

坛坫从他笑欧柳，风花中有大家词。

【注释】

欧阳修——北宋杰出文学家，字永叔，号醉翁、六一居士，庐陵（今江西吉安）人。天圣进士，任枢密副使，参知政事，谥文忠。为官正直，但晚年不满王安石新法。其词婉丽，承袭南唐遗风。有《欧阳文忠公集》。

柳永——北宋著名词人，原名三变，字耆卿，崇安（今属福建）人。景祐进士，官屯田员外郎。放荡不羁，终身潦倒。有《乐章集》。

风庭泪眼——欧阳修《蝶恋花》词结句："泪眼问花花不语，乱红飞过秋千去。"

井水传歌——南宋叶梦得《避暑录话》："柳耆卿（柳永字）为举子时，多游狭邪，善为歌词。教坊每得新腔，必求永为词，始行于世，于是声传一时。余仕丹徒，尝见一西夏归朝官云：'凡有井水之处（有人居住的地方），即能歌柳词。'" 陲——边疆。

坛坫——指文坛。

【题解】

欧阳修、柳永词的相同之点：即它们大多是描写男女爱情的。不同的是：欧阳修身居高位，他的视野难以接触下层社会。他的词短小柔婉。柳永是一个生活在妓女中间的词人，他在《鹤冲天》词中说自己是"才子词人，自是白衣（不做官）卿相"，"忍把浮名，换了浅斟低唱"。柳永词反映的是都市的繁华、旅人的离思、妓女的悲愁等等。内容复杂了，短小的篇幅容纳不下，因而他写了不少长调，在风格上，由含蓄转向铺叙，这是北宋词的一次新转变。尽管欧、柳词的题材不够阔大，为文坛评论家所不满，但他们仍不失为宋词的大家。

苏 轼 一

猎馀豪气勒燕然，月下悼亡忆弟篇。

一扫风花出肝肺，密州三曲月经天。

【注释】

苏轼——北宋杰出文学家，字子瞻，号东坡居士，眉山（今属四川）人。嘉祐进士，官至礼部尚书。他反对王安石新法，在政治上倾向旧党。曾谪官黄州、惠州、儋州。其文汪洋恣肆，为"唐宋八大家"之一。工诗擅词，开创词中豪放一派。有《东坡乐府》。

猎馀豪气——苏轼有《江城子·密州出猎》词，结句云："会挽雕弓如满月，西北望，射天狼。"意思是说：如果朝廷起用他，他将率师抵抗西北方来犯的敌人。　勒燕然——见范仲淹一首注。

悼亡——苏轼有《江城子·乙卯正月二十日夜记梦》词，是悼念其亡妻之作。　忆弟——苏轼有《水调歌头·丙辰中秋怀子由》词，子由即苏辙，轼弟。

一扫风花——扫除风花雪月寻常写景之辞。　出肝肺——有真情实感的意思。

密州三曲——指上引密州出猎、记梦和怀子由三阕。密州，今山东诸城。　月经天——言上引三阕词如皓月经天，光辉照耀。

【题解】

苏轼词当时盛传者，多是在杭州做官时的应酬冶游之作。他在熙宁年间任山东密州太守时所写的出猎、记梦和怀子由三阕，则感情真切，与杭州诸作不同。

苏 轼 二

黄州未赦逐臣回，赤壁箫传窈窕哀。
揽辔排阊随梦去，清江白月放船来。

【注释】

黄州未赦逐臣回——北宋神宗任王安石为相，实行新法；苏轼上书反对。后以作诗讪谤罪，被逮入狱，贬作黄州（今属湖北）团练副使。

赤壁箫传窈窕哀——苏轼贬官黄州时，作《念奴娇·赤壁怀古》词，借三国周瑜年青就建立功业来对比自己的失意。箫——苏轼《前赤壁赋》有"客有吹洞箫者"句。 窈窕——深远意。

揽辔——《后汉书·范滂传》："滂登车揽辔，慨然有澄清天下之志。" 排阊——《淮南子》有"排阊阖"句，阊阖指宫门。排阊即叩开宫门向皇帝献计献策。 随梦去——如梦那样消逝，不得成为现实。

清江白月放船来——指苏轼的赤壁之游。

【题解】

苏辙（苏轼弟）撰苏轼墓志，谓轼少时侍母读《范滂传》，"奋厉有当世志"。及轼谪官黄州以后所作词，如《念奴娇》结句说："人间如梦，一尊还酹江月"，表现消极思想，没有早年要学范滂的气概了。

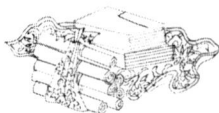

苏 轼 三

落手扁舟兴浩然，柏台不死乞谁怜。

黄州学问我能说，狮吼声边猪肉禅。

【注释】

落手扁舟——苏轼《前赤壁赋》：“驾一叶之扁舟，举匏尊以相属。”

柏台——指御史狱。汉御史府中列柏树，因称柏台。苏轼系御史狱诗：“柏台霜气夜凄凄。”

狮吼声——《传灯录》：“释伽佛生时，一手指天，一手指地，作狮子吼。”苏轼调陈慥诗：“忽闻河东狮子吼，拄杖落手心茫然。” 猪肉禅——苏轼与陈襄论禅云：“公之所谈，譬之于食，龙肉也，而仆所学猪肉也。猪之与龙，则有间矣。然公终日说龙肉，不如仆之食猪肉，实美而真饱也。”

【题解】

苏辙撰苏轼墓志，称赞苏轼在黄州时候的学问。其实苏轼谪官黄州以后，已因经历忧患而带有消极出世思想。

苏 轼 四

雪堂绕枕大江声，入梦蛟龙气未平。
千载才流学豪放，心头庄释笔风霆。

【注释】

雪堂——苏轼谪官黄州，在长江边筑堂，四壁都画雪，名叫雪堂。

入梦蛟龙——雪堂在江边，故云蛟龙入梦。也是形容苏轼思想不平凡。

才流——有才气者。 豪放——指苏轼的文风。

庄释——指《庄子》、佛家。 风霆——疾风雷霆，形容苏轼豪放的文笔。

【题解】

苏轼受《庄子》、佛家思想影响很深，其诗文常用豪放笔调来表达超脱的感情，如《念奴娇·赤壁怀古》和《前赤壁赋》等就是显例。

苏　轼　五

　　兹游奇绝负南迁，尚欠龙神词几篇。
　　万斛莫夸泉涌地，么弦难谱浪粘天。

【注释】

　　兹游奇绝——苏轼贬官海南诗有"兹游奇绝冠平生"句。

　　龙神——海神。

　　万斛——苏轼尝自夸文才"如万斛泉源，不择地皆可出"。

　　么弦——一条细弦。陆机《文赋》："犹弦么而徽急。"此句中之么弦指词。么，音邀。

【题解】

　　苏轼南迁渡海诸诗，皆迈绝一代，而其词乃无一语写海，读者惜之。

苏轼、蔡松年

坡翁家集过燕山，垂老声名满世间。

并世能为苏属国，后身却有蔡萧闲。

【注释】

坡翁句——燕山山脉在河北北部，即宋时辽国的所在地。苏轼集传至北方，苏辙为此有诗寄轼。

苏属国——指苏武。苏武于汉武帝时出使匈奴，被留，在海上仗节牧羝十九年。昭帝拜为典属国。苏轼尝自谓：如出使，能为苏武。

蔡萧闲——金代文学家蔡松年号萧闲，字伯坚，真定（今河北正定）人。以宋人而随父降金，官至右丞相，封卫国公。能诗词，有《明秀集》。

【题解】

苏轼文名，在北宋时已传遐迩。自苏学北行，金人词多学苏。蔡松年的《明秀集》尤著名。松年作品风格清丽，有时似流露仕金的悔恨之情。

秦 观

秦郎淮海领宗风，小阕苏门亦代雄。

等是百身难赎语，郴江北去大江东。

【注释】

秦观——北宋著名词人，字少游、太虚，号淮海居士，高邮（今属江苏）人。曾任秘书省正字兼国史院编修官等职。因被目为元祐党人，累受贬谪。文才为苏轼所赏识，是苏门四学士之一。其词柔婉秀丽，多写男女恋情和身世伤感，是婉约词派的代表作家。有《淮海集》。

秦郎淮海——秦观苏北高邮人，自名其词集曰《淮海居士长短句》。　领宗风——谓领袖一派的作风。

小阕——小令。　苏门——谓秦观出苏轼门下。　代雄——代起称雄。

等是——同样是。　百身难赎——苏轼悼秦观语："少游（秦观字）已矣，虽万人何赎？"《诗经·黄鸟》："如可赎兮，人百其身。"

郴江北去——秦观《踏莎行·郴州旅舍》词中句："郴

江幸自绕郴山，为谁流下潇湘去。" 大江东——苏轼《念奴娇·赤壁怀古》词起句："大江东去。"

【题解】

秦观词柔婉精深，自成风格。他在苏门学士中是突出的一人。这首诗说，秦观的"郴江幸自绕郴山，为谁流下潇湘去"一首词，可与苏轼的"大江东去"一首并传。

贺 铸

铁面刚棱古侠俦，肯拈梅子说春愁？
燕山胡角樊楼酒，临逝同谁拍六州！

【注释】

贺铸——北宋词人，字方回，号庆湖遗老，卫州（今河南汲县）人。宋太祖孝惠贺后的族孙。历仕右班殿直，泗州、太平州通判等职。博学强记，尤工词。有《庆湖遗老集》、《东山词》。

铁面——叶梦得作《贺铸传》，谓其人"长七尺，眉目耸拔，面铁色"。　刚棱——刚毅有棱角。　古侠俦——古代豪侠之流。

肯——哪肯。　拈——以指取物。　梅子——贺铸《青玉案》词有"梅子黄时雨"句，时人呼为"贺梅子"。

燕山胡角——谓金兵入侵。　樊楼——北宋汴京酒楼名。见下赵佶首樊楼句注。

拍——唱。　六州——指贺铸词《六州歌头》。

【题解】

贺铸性格豪爽，喜剧谈天下事，可否不略少假借；虽贵要权倾一时，少不中意，极口诋无遗词，故人以为近侠。尤长于度曲，尝言："吾笔端驱使李商隐、温庭筠，常奔命不暇。"贺铸词内容比较丰富，风格也多样化。在婉约派词占上风的北宋时期，他的词相当突出。例如他的《六州歌头》："箫鼓动，渔阳弄，思悲翁。不请长缨，系取天骄种，剑吼西风。"这是他晚年感愤时事之作。他卒于宣和七年（一一二五），其时宋、金边衅方炽，宋朝廷乃深讳之，他的词为此而发。过去词家仅仅欣赏他的"梅子黄时雨"之类绮怨闲愁的词，对他的评价是不够全面的。

周邦彦 一

崇宁残局闹笙歌，亡国哀音论不苛。
气短大江东去后，秋娘庭院望斜河。

【注释】

周邦彦——北宋著名词人，字美成，钱塘（今浙江杭州）人。徽宗时为徽猷阁待制，提举大晟府。有《清真集》，又名《片玉词》。

崇宁残局——崇宁为宋徽宗年号。其时已是北宋末年。　闹笙歌——宋徽宗于崇宁四年（一一〇五）成立音乐机构大晟府，以粉饰承平。

亡国哀音——南宋张侃著《拣词》，斥周邦彦词是"亡国哀音"。

气短——泄气。　大江东去——苏轼《念奴娇·赤壁怀古》词首句。

秋娘庭院——周邦彦《清真集》有"秋娘庭院"句。秋娘庭院指妓院。

周邦彦精通音律，曾创作不少新词调。其词精工秾丽，格律谨严，内容多写闺情、羁旅，也有咏物之作。影响很大，有人誉为"词家之冠"。也有人（如张侃）斥他的词是"亡国哀音"。苏轼是周邦彦叔父的朋友，周邦彦早年曾受其影响。可是在苏轼开"大江东去"豪放词风之后，周邦彦的词还局限在"秋娘庭院"的狭窄范围内，这是令人泄气的。

周邦彦 二

崇宁礼乐比伊周，江水难湔七字羞。
归魄梵村应有愧，钱塘长绕月轮流。

【注释】

崇宁礼乐比伊周——周邦彦祝寿之词，有"人在周公礼乐中"句，他以宋徽宗的崇宁礼乐比伊尹、周公的功业。

江水——指浙江省的钱塘江。 湔——洗。 七字——指"人在周公礼乐中"句。

归魄梵村应有愧——周邦彦墓在钱塘江岸月轮山西边的梵村。

【题解】

钱塘江虽然环绕周邦彦墓边的月轮山奔流，也难湔洗周邦彦阿谀宋徽宗崇宁礼乐的羞愧心情。

万俟雅言

> 字字宫商费苦辛，一篇春草变荆榛。
> 笳铙声里调脂粉，气短朝堂顾曲人。

【注释】

万俟雅言——北宋词人，自号词隐。崇宁中充大晟府制撰。有《大声集》。

宫商——宫商角徵羽为五音。此处宫商指词句的音律。

春草——指万俟雅言的《春草碧》词。 荆榛——荆棘梗塞道途。

笳铙——军队里的乐器。此指北宋末年宋与北方民族间的军事行动。 调脂粉——万俟雅言的《大声集》以"脂粉才情、雪月风花"分编。

气短——泄气意。 朝堂顾曲人——指周邦彦。周邦彦是国立音乐机构大晟府的提举。顾曲，《三国志·周瑜传》："曲有误，周郎顾。"周邦彦以"顾曲"名其堂。

【题解】

万俟雅言的词严依宫律。其《春草碧》一首，且上下片字字四声相对。这就使词作的康庄大道变成充塞荆棘的小径了。而且当时北方战氛日亟，他的词集以"脂粉才情、雪月风花"分编，周邦彦又替他的词集取名《大声》，这在我们看来，却是富有讽刺意味的。

张元幹

格天阁子比天高，万阕投门悯彼曹。

一任纤儿开笑口，堂堂晚盖一人豪。

【注释】

张元幹——南宋词人，字仲宗，号芦川居士，长乐（今福建闽侯）人。太学生。因作词送主战派胡铨，被贬谪新州而除名。有《芦川集》。

格天阁子——宋高宗为秦桧造"一德格天之阁"。

万阕——万首词。　投门——投进到秦桧门里。　悯——怜悯。　彼曹——他们，指进词的人们。

纤儿——小人。

晚盖——晚年自新，掩盖过去的过失。

【题解】

秦桧当权时，文人纷纷献诗词奉承。宋本张元幹《芦川集》之《瑞鹤仙》词，有"倚格天峻阁"句，当是献给秦桧或秦桧家人祝寿的词。但后来因作词送主战派胡铨、李纲，而遭到主和派的迫害，即此可见张元幹晚年品节。其词以送胡铨、李纲的两首《贺新郎》最著名，悲愤苍凉，风格豪迈，表现出伤时感事的真实感情。

赵　佶

　　燕山兵火照关红，歌酒樊楼夜正中。

　　边塞征夫莫遥怨，天街马滑又霜浓。

【注释】

　　赵佶——即宋徽宗。在位二十六年，朝政腐败，穷奢极欲，常微服冶游。宣和七年（一一二五），金兵南下，禅位与皇太子赵桓，是为钦宗。钦宗尊佶为教主道君皇帝。靖康二年（一一二七）被俘北行。绍兴五年（一一三五）死于五国城（今吉林扶馀）。庙号徽宗。平生于诗文书画之外，尤工长短句。《彊村丛书》辑有《宋徽宗词》一卷。

　　燕山兵火——指金军。宋徽宗宣和四年，金克辽燕京，成为北宋末年北方的主要军事威胁。

　　樊楼——酒楼名。《宋人轶事汇编》引《青泥莲花记》："樊楼乃丰乐楼之异名。上有御座，徽宗时与师师宴饮于此。"师师姓李，乃汴京名妓。

　　马滑又霜浓——《宋人轶事汇编》卷十四："道君幸李师师家，偶周邦彦先在焉。知道君至，遂匿于床下。道君自携新橙一颗，云江南初进来，遂与师师谑语，邦彦悉闻之，隐括成《少年游》云：'并刀如水，吴盐胜雪，纤手破新橙。锦帐初温，兽烟不断，相对坐调笙。　　低声问：向谁家宿？严城上已三更（《词综》无"严"字）。马滑霜浓，不如休去，直是少人行。'"

【题解】

周邦彦《少年游》词记宋徽宗与李师师事，见宋人笔记。此诗所谓"边塞征夫莫遥怨，天街马滑又霜浓"云云，对比之下，是对宋徽宗微服冶游的含蓄的讽刺。

李清照 一

目空欧晏几宗工，身后流言亦意中。

放汝倚声逃伏斧，渡江人敢颂重瞳。

【注释】

李清照——南宋杰出女词人，号易安居士，济南人。丈夫赵明诚是金石考据家。早年与其夫同致力于书画金石的搜集整理，作词多写幽闲情趣。金兵入侵后，流寓南方，明诚病死，境遇孤苦。后期作的词悲叹身世，多凄苦之音。有《漱玉词》。

目空——看不起。 欧晏——欧阳修、晏殊。 宗工——一个行业中的杰出人物。

身后流言——李清照死后，时人有说她晚年曾改嫁张汝舟。 意中——意料之中。

放汝——放过你。 倚声——即填词。 逃伏斧——避免了杀头。

渡江人——宋室南渡时代的人。李清照当时也流寓杭州、绍兴各地。 颂重瞳——歌颂项羽，项羽目重瞳。

【题解】

李清照有《词论》一篇，对于欧阳修、晏殊、苏轼诸大家都有批评，目空一切。在她死后，有晚年改嫁张汝舟的流言，乃是意料中事。李清照在政见方面也是非常大胆的，她有一首诗说："生当作人杰，死亦为鬼雄。至今思项羽，不肯过江东。"这分明是讽斥宋高宗怯敌渡江南逃。她敢于把批评的矛头直接指向皇帝，不怕冒杀头的危险，充分表现出慷慨激烈的爱国热情。

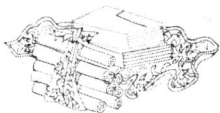

李清照 二

西湖台阁气沉沉，雾鬟风鬓感不禁。

唤起过河老宗泽，听君打马渡淮吟。

【注释】

西湖台阁——指南宋迁都杭州的政府。 气沉沉——消沉不振作。

雾鬟风鬓——李清照《永遇乐·元宵》词有"如今憔悴，风鬓雾鬟，怕见夜间出去"。

过河老宗泽——宗泽北宋末年任东京留守，抗金立战功。屡上疏请高宗归汴，为主和派所阻。宗泽忧愤成疾，临终时大呼"过河"。

打马渡淮吟——清照晚年作《打马图经》，题诗结句云："木兰横戈好女子，老矣不复志千里，但愿相将过淮水。"是说要从南方渡淮北上。

【题解】

李清照南渡长江以后，志存北渡淮水，恢复中原。清人李年少题李清照《打马图经诗》云："国破家亡感慨多，中兴汉马久蹉跎。可怜淮水终难渡，遗恨还同说过河。"以宗泽比李清照。

李清照 三

大句轩昂隘九州，么弦稠叠满闺愁。
但怜虽好依然小，看放双溪舴艋舟。

【注释】

大句轩昂——指李清照诗风阔大。 隘九州——九州即
全中国。隘即狭小。此极言李清照诗风之阔大，把全中国都
看小了。

么弦稠叠——指李清照词风纤细，如么弦稠叠。么弦，
一条细弦。稠叠，密叠。

双溪——在浙江金华。 舴艋舟——小船。

【题解】

李清照的诗风阔大，如前引"生当作人杰，死亦为鬼
雄。至今思项羽，不肯过江东"一首诗，就是显例。她的词
大多是细弦稠叠，充满闺愁。她流寓金华时，写了一首《武
陵春》词，结语说："只恐双溪舴艋舟，载不动许多愁。"她
的这类词正符合清代刘熙载《艺概》中论词的两句话："虽

小却好，虽好却小。"

李清照 四

扫除疆界望苏门，一脉诗词本不分。

绝代易安谁继起？渡江只手合黄秦。

【注释】

扫除疆界——扫除诗词划分的疆界。　望苏门——仰望苏轼的门庭，苏轼开始以写诗的风格来写词。

一脉——从一条脉络上出来。

绝代——并时并世，无人可比。

渡江——指宋朝廷南渡。　黄秦——黄庭坚、秦观。

【题解】

苏轼以诗为词，替词拓境千里。当苏轼这种新词风与传统词风发生矛盾时，引起词坛一些人的议论，李清照提出"词别是一家"的口号，是有代表性的。这首诗开头二句"扫除疆界望苏门，一脉诗词本不分"，就是针对李清照的"词别是一家"的主张而发（有关这个问题的详细论述，请参阅《光明日报·文学遗产》二六一期夏承焘的《评李清照的词论》）。下面两句是说，李清照的才华，一时无两。在宋室南渡以后，她能一手把黄庭坚和秦观不同的词风融合为一体。清沈曾植《菌阁琐谈》也说："易安跌宕昭彰，气调极类少游（秦观），刻挚且兼山谷（黄庭坚）。"

李清照 五

中原父老望旌旗，两戒山河哭子规。

过眼西湖无一句，易安心事岳王知。

【注释】

中原父老——黄河流域沦陷区的父老。 望旌旗——盼望北伐军队的旌旗。

两戒——谓中国南北山河的界限。 子规——即杜鹃，鸣声好像是叫"不如归去"。

过眼西湖无一句——李清照南渡以后流寓杭、婺各地，其今传词集中没有写西湖的词。

岳王——指岳飞，岳飞封鄂王。

【题解】

李清照、岳飞诗词集里都无西湖作品，大抵是他们对南宋小朝廷各怀隐忧和不满，不能言亦不愿言。

李清照 六

易安旷代望文姬，悲愤高吟新体诗。
倘使倚声共南渡，黄金合铸两蛾眉。

【注释】

文姬——东汉女诗人蔡琰字。

悲愤高吟新体诗——汉末大乱，琰为匈奴左贤王所得。居匈奴十二年，生二子。后曹操以金璧赎归。琰归董祀后，感伤乱离，作《悲愤诗》。

南渡——宋钦宗靖康二年（一一二七）金陷汴京（今河南开封），赵构后来渡江南逃，建都临安（今浙江杭州），是为高宗。南渡，指南宋。

黄金合铸——赵孟頫《咏史》诗："汉室功臣谁第一，黄金合铸纪将军。"合，应该。　两蛾眉——指蔡琰、李清照。《诗经》："螓首蛾眉。"蚕蛾触须细长而曲，似美人眉毛，后来遂为美人代称。

【题解】

　　李清照和蔡琰，是中国文学史上两位杰出的女作家。蔡琰的《悲愤诗》，是五言体。五言诗在《诗经》四言形式上发展而成。东汉末年，正是五言诗的成熟期。《悲愤诗》不仅在形式上是新体，尤其在内容方面，反映出汉末离乱中人民所受的痛苦。"倘使倚声共南渡"二句大意说：如果蔡文姬和李清照一起经历南渡之乱，一起倚声填词，她的作品可与李清照的《漱玉词》比美。词坛后学当用黄金为这两位女作家铸像以事之。

岳 飞 一

两河父老宝刀寒，半壁君臣恨苟安。

千载瑶琴弦进泪，和君一曲发冲冠。

【注释】

岳飞——南宋民族英雄，杰出的军事家，字鹏举，汤阴（今属河南）人。他曾上表高宗，力主收复两河燕云。一一四〇年他于郾城大破金军主力，收复郑州、洛阳等地，两河义军纷起响应，宋、金战局一时为之改观。但高宗、秦桧一心求和，坚令岳飞退兵，召还临安。不久被诬谋反下狱，一一四二年与子云及部将张宪同时被害。有《岳武穆集》。

两河——指黄河南北。 寒——指刀刃寒光闪闪。

半壁——半边的意思。宋廷南渡以后，国家只剩下半边。 苟安——苟且偷安。

瑶琴弦进泪——指岳飞《小重山》词结句："欲将心事付瑶琴，知音少，弦断有谁听。"

和君一曲——和岳飞一首词。 发冲冠——今所传岳飞《满江红》词首句："怒发冲冠。"

【题解】

南宋小朝廷苟安江左，文恬武嬉。岳飞的抗战主张屡次
受到主和派的阻挠而不得实现，而且终于以"莫须有"的罪
名遭到杀害，这真是"千载瑶琴弦迸泪"，令人怒发冲冠！
岳飞的志事，以及他的慷慨悲愤的作品，对当时以及千百年
后的爱国者都起巨大的鼓舞作用。

岳 飞 二

黄龙月隔贺兰云，西北当年靖战氛。

玉海舆图曾照眼，笑他耳食万词人。

【注释】

黄龙——黄龙府在吉林。　贺兰——贺兰山在宁夏。黄龙府跟贺兰山相隔很远。

西北——指河套之西贺兰山一带。　靖战氛——无战争气氛。

玉海——书名。宋王应麟撰。　舆图——地图。　曾照眼——亲眼看到。

耳食——相信传闻。

【题解】

岳飞北伐，目的在直捣吉林的黄龙府。而今传岳飞的《满江红》词，却有"踏破贺兰山缺"句。贺兰山在河套西边，时属西夏，当时西夏和南宋并无战象。王应麟著的《玉海》载有西夏贺兰山图。王氏南宋末年人，还见此图，岳飞决不至于无此舆地常识，分不清贺兰山和黄龙府的。

岳　飞　三

王髯御鞑唱刀环，朔漠欢声震两间。

八卷鄂王家集在，何曾说取贺兰山？

【注释】

王髯——王越，明代武将，能诗文，有《王襄敏集》。御鞑——王越于明弘治年间大破鞑靼入侵军于贺兰山。　刀环——环是还的谐音。《汉书·李陵传》："（汉使）……至匈奴招陵。……单于置酒赐汉使者，李陵、卫律皆侍坐。立政（即汉使）等见陵，未得私语，即目视陵而数数自循其刀环，握其足，阴谕之，言可还归汉也。"

朔漠——谓北方沙漠之地。　两间——天地之间。

鄂王家集——岳飞死后，宋宁宗时封鄂王。鄂王家集，指岳珂所辑岳飞集。

贺兰山——见首句注。

【题解】

中国是一个多民族国家，民族间历代都曾发生一些矛盾。明朝弘治年间，大将王越曾破鞑靼入侵军于贺兰山，明人刊岳飞《满江红》词于西湖岳坟，碑阴记年是弘治年间。作者疑《满江红》词或是王越幕府文士所作，托名岳飞以鼓舞士气。作者曾写《岳飞满江红考辨》专述其事。

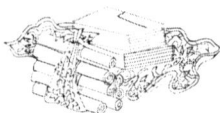

陆　游

许国千篇百涕零，孤村僵卧若为情。

放翁梦境我能说，大散关头铁骑声。

【注释】

陆游——南宋杰出诗人，字务观，号放翁，山阴（今浙江绍兴）人。官至宝章阁待制，政治上坚决主张抗战，晚年退居家乡，报国信念始终不渝。也工词，前人评为"纤丽处似淮海，雄慨处似东坡"。有《放翁词》。

许国——以身许国。

孤村僵卧——陆游诗："僵卧孤村不自哀，尚思为国戍轮台。" 若为情——何以为情。

放翁梦境——指放翁的记梦诗。

大散关——在陕西宝鸡县西南，是宋、金交战的重要关隘。 铁骑——骑，去声。谓强悍的马队。

【题解】

陆游词多感慨国事之作。他说自己"壮岁从戎，曾是气吞残虏",是何等的豪迈气概!但南宋小朝廷不能任用人才,使他归老江乡,僵卧孤村,只能以许多记梦诗词来抒写他的苦闷心情。他有时梦到铁马冰河,自己在沙场上驰骋;有时梦见敌人投降,如"三更穷虏送降款,天明积甲如丘陵"。这些诗词充分表现作者杀敌报国的雄心。他在《诉衷情》词里说:"胡未灭,鬓先秋,泪空流。"又在《鹧鸪天》词中说:"元知造物心肠别,老却英雄似等闲。"都表达英雄无所作为,徒然老去的悲愤心情。

张孝祥 一

南朝才子气都灰，我为斯人舞蹈来。
听唱六州弹徵羽，江南重见贺方回。

【注释】

张孝祥——南宋词人，字安国，号于湖居士，乌江（今属安徽）人。绍兴进士，官至显谟阁直学士。他是一个具有相当强烈爱国思想的词人。相传他作诗文，时常问人："比东坡怎样？"他的《于湖词》中多豪放之作，风格与东坡相近。

南朝——指迁都杭州的南宋朝廷。 气都灰——志气消沉。

斯人——指张孝祥。 舞蹈来——高兴得舞蹈起来。

六州——指张孝祥的《六州歌头》词。 徵羽——是七音中激烈之调。

贺方回——贺铸字方回。

【题解】

张孝祥在建康留守席上作《六州歌头》词，结句云："闻道中原遗老，常南望翠葆霓旌。使行人到此，忠愤气填膺，有泪如倾。"感慨国事，悲壮苍凉。大臣张浚为之感动罢席。这首诗末句指出：张孝祥的《六州歌头》，可与贺铸的《六州歌头》并称。

张孝祥 二

江南自号小元祐，塞上谁支大散关？

莫献于湖六州曲，荷风五月好湖山。

【注释】

小元祐——元祐是北宋哲宗年号，被称为北宋盛世。南宋偏安杭州时也有人称为"小元祐"。见《齐东野语》。

大散关——见陆游首注。

于湖——张孝祥号。　六州曲——见前首注。

荷风五月好湖山——指杭州西湖。柳永《望海潮》咏杭州词有"重湖叠巘清嘉，有三秋桂子，十里荷花"句。这句诗指南宋皇帝与官僚们游宴西湖。

【题解】

南宋小朝廷的腐朽统治集团，自迁都杭州以后，经常在风景如画的西湖游宴取乐，把中原父老的日夜盼望恢复，边境上的重要关隘大散关能否坚守等等问题都置于脑后。他们还把残破的半壁河山自矜为元祐盛世，真是自欺欺人之谈！

张孝祥是一个具有相当强烈的爱国思想的词人，他的《六州歌头》就写出这种"南宋君臣轻社稷，中原父老望旌旗"的悲愤。这首诗的"莫献于湖六州曲，荷风五月好湖山"二句，也是对南宋腐朽统治集团的尖锐的讽刺。

辛弃疾 一

青兕词坛一老兵，偶能侧媚亦移情。
好风只在朱阑角，自有千门万户声。

【注释】

辛弃疾——南宋杰出词人，字幼安，号稼轩，历城（今属山东）人。青年时即参加抗金义军，后归南宋，历任湖北、浙东安抚使等职。提出过不少恢复失地的建议，均未被当权者采纳。其词抒写报国雄心，倾诉壮志难酬的悲愤，也有不少歌咏祖国河山的作品，爱国思想是他一生创作的基调。他与苏轼并称"苏辛词派"。他融会经、史、子、集，创造出多种多样的风格，词的成就是前无古人的。有《稼轩词》。

青兕——兽名。义端和尚背叛起义军首领耿京，投奔金军。弃疾轻骑往金军擒义端。义端说："我识君真相，乃青兕也，力能杀人，幸勿杀我。"弃疾终于杀了这个叛徒的头来献给耿京。 词坛一老兵——指辛弃疾。《晋书·谢奕传》：奕常逼桓温饮，温避之，"奕遂携酒就听事，引温一兵帅共饮，曰：'失一老兵，得一老兵，……'温不之责"。

　　侧媚——软媚不正意。此指辛弃疾的艳体小词。　移情——动情。

　　朱阑——谓富贵人家。此句合下句"自有千门万户声"，比喻辛弃疾的艳体小令，像好风那样，虽然只在朱阑之角，但它是大家之词，自有千门万户的大气魄。

【题解】

　　辛弃疾词纵横挥洒，激昂慷慨，其艳体小令，也别有气概，如《粉蝶儿·赋落花》，就是显例。

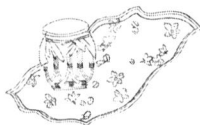

辛弃疾 二

人居平土鱼归海，禹迹苍茫在两间。

谁会词人饥溺意，大江东下望金山。

【注释】

两间——天地之间。

饥溺——《孟子》："禹思天下有溺者，由己溺之也。稷思天下有饥者，由己饥之也。"

大江——长江。　金山——山名，在江苏镇江。

【题解】

辛弃疾于嘉泰四年（一二〇四）和开禧元年（一二〇五），任镇江知府，他作了一首《生查子·题京口郡治尘表亭》词，京口郡治即镇江。词曰："悠悠万世功，矻矻当年苦。鱼自入深渊，人自居平土。　红日又西沉，白浪长东去。不是望金山，我自思量禹。"辛弃疾这时已届晚年，犹有报国壮心，望金山而抒发对大禹功绩的怀念，想是他把拯救北方沦陷区同胞的痛苦，视同夏禹拯救溺水的人民一样。

辛弃疾 三

学种东家树几株，登楼身已要人扶。

谁怜火色鸢肩客，临逝方承急召书。

【注释】

东家树——辛弃疾《鹧鸪天》词："却将万字平戎策，换得东家种树书。"

登楼句——辛弃疾《鹧鸪天》词："不知筋力衰多少，但觉新来懒上楼。"陈师道挽司马光诗云："政虽随日化，身已要人扶。"见《宋人轶事汇编》卷十三引《冷斋夜话》。

火色鸢肩客——《唐书·马周传》："岑文本谓所亲曰：'马君论事，……然鸢肩火色……'"鸢肩，谓肩上竦。火色，谓面赤色。火色鸢肩客，指辛弃疾。

临逝方承急召书——宋廷诏起辛弃疾主军政，时辛弃疾已病笃，不能赴任。

【题解】

辛弃疾屡次上章表，《稼轩集》中有《美芹十论》、《九议》等文，都是有关军国大事的议论。可是南宋朝廷没有采用他的献议。他晚年退隐上饶时有"却将万字平戎策，换得东家种树书"的慨叹。直到临逝以前，朝廷才下诏书要起用他主持军政，可是他已老病不能赴任了。

辛弃疾 四

金荃兰畹各声雌，谁为吟坛建鼓旗？
百丈龙湫雷壑底，他年归读稼轩词。

【注释】

金荃——温庭筠词集名。庭筠所著多佚，见于《唐
书·艺文志》别集类者有"《握兰集》三卷，又《金荃集》
十卷"。欧阳炯《花间集序》亦谓"近代温飞卿复有《金荃
集》"。"荃"、"荃"字通，见《庄子》"得鱼忘荃"句释文。
兰畹——词集名。孔方平选。此选本今已亡佚。

龙湫——浙江雁荡山瀑布名。　雷壑——大龙湫瀑布下
注潭中，潭旁旧有壑雷亭。

【题解】

金荃、兰畹，"盖皆取其香而弱也"。见无名氏词评。
此诗对软媚词风表示不欣赏，而主张以稼轩豪放词风为吟坛
树立鼓旗。

陈亮、朱熹

号召同仇九域同，龙川硬语自盘空。

菜根嚼出成宫徵，笑看摇头一遁翁。

【注释】

陈亮——南宋杰出思想家、文学家，字同甫，号龙川，永康（今属浙江）人。绍熙状元，授签书建康府判官，未赴任卒。为人才气豪迈，喜谈兵，孝宗时作《中兴五论》，反对"和议"，力主抗金。提倡"事功之学"，指摘理学家空谈"道德性命"，和朱熹进行过多次"王霸义利之辩"。其词感情激越，风格豪放。有《龙川词》。

朱熹——南宋著名理学家，字元晦，祖籍徽州婺源（今属江西），生于南剑州尤溪（今属福建）。绍兴进士。官焕章阁待制、秘阁修撰等职，卒谥文。其为学以"居敬穷理"为主。今存《晦庵词》十八首，见《宋元名家词》。

同仇——同心对敌。　九域同——全国统一。

龙川——陈亮号。　硬语自盘空——韩愈诗："横空盘硬语。"

菜根——朱熹复陈亮、辛弃疾信中，有"留老汉山中咬菜根"语。菜根，即菜薹。　嚼出成宫徵——范仲淹《齑赋》："措大口中，嚼出宫商角徵。"古五音分宫商角徵羽。

笑看——陈亮与辛弃疾一起笑看。　摇头一遁翁——指朱熹。朱熹晚年自号"遁翁"。

【题解】

淳熙十五年（一一八八）冬，陈亮自永康往访辛弃疾于江西铅山，词坛知己，千里会见。他们邀约隐居武夷山的朱熹来参加"鹅湖之会"（鹅湖寺在铅山），共议国家大事，策划抗战。朱熹居深山不出，复信有"留老汉山中咬菜根"语。陈亮与辛弃疾二人同游鹅湖，在鹅湖会后，他们作了好几首《贺新郎》词相互酬唱，都是倡议恢复中原的慷慨激昂之作。

陈　亮　一

永康高论震江关，难解微言友好间。

天外梅花先动色，一枝的烁照蓬山。

【注释】

永康——陈亮的故乡。　高论——陈亮在宋孝宗隆兴初年，上《中兴五论》，主张北伐，反对向敌人投降。　震江关——震动一片广大地区。

难解微言——叶适《祭陈亮文》及为《龙川文集》作序，都有"同甫（陈亮字）微言，十不能解一二"的句子。微言，隐晦的不明说的辞句。　友好间——叶适是陈亮的好友。

天外——指日本。　梅花先动色——陈亮咏梅诗："一朵忽先变，百花皆后香。欲传春信息，不怕雪埋藏。"

的烁——鲜明貌。　蓬山——蓬莱、瀛洲，都是海中仙山，此指日本。照蓬山，即照耀日本。

【题解】

约在十九世纪，陈亮集传至日本。日本松崎慊堂著《慊堂日历》，记天保八年作《水调歌头》，"仿陈同甫寿朱子（朱熹）体，奉和严师述斋公七秩初度"。天保是日本仁孝天皇年号，元年相当于公元一八三〇年。其时日本学者倡导经世之学。再过二十馀年，《陈龙川文钞》及《陈龙川集》先后在日本刊行。

陈　亮　二

香影孤山莫浪传，梅边知己有龙川。

看花心事排阊句，展卷光芒八百年。

【注释】

香影——宋林逋咏梅诗有"疏影横斜水清浅，暗香浮动月黄昏"句。　孤山——林逋隐居西湖孤山。　莫浪传——不要轻易传播。

梅边知己有龙川——指前首引陈亮咏梅诗。

排阊句——排阊，见前苏轼二首注。排阊句，指陈亮应科举文中句。

【题解】

陈亮咏梅诗"欲传春信息，不怕雪埋藏"，不但写出梅花性格，也写出了陈亮自己的性格，这是梅花诗的千古绝唱，不愧是梅花的知己。陈亮应科举文有句云："天下大势之所趋，天地鬼神不能易，而易之者人也。"他不信天地鬼神的力量，相信人的力量。他强调"事在人为"，强调了

"人定胜天"的思想，这是对唯心主义天命观的一次有力的打击。这三句二十字，距今八百年，还是那样强烈地震撼人心。

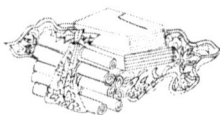

陈 亮 三

芒鞋京口客谈兵，京样佳人忽眼青。

风痹一翁应匿笑，文中龙虎学莺声。

【注释】

京口——在江苏省丹徒县治。　客——指陈亮。

京样佳人——指歌妓。陈亮《念奴娇·至金陵》词有
"精神朗慧，到底还京样"句。

风痹一翁——陈亮上孝宗皇帝书："今世之儒士，自以
为得正心诚意之学者，皆风痹不知痛痒之人也。举一世安于
君父之仇，而方低眉拱手以谈性命，不知何者谓之性命乎？"

文中龙虎——陈亮自赞辞有"人中之龙，文中之虎"
句。　莺声——莺燕之声，指京样佳人。

【题解】

宋高宗死后，陈亮上书孝宗论恢复，并亲往金陵、京口
观察军事地形。而其集中《念奴娇·至金陵》有"京样"语
者，实作于此行。"文中龙虎学莺声"句指此。

张 抡

烽烟汴洛隔边愁，留个西湖好赏秋。
防有姮娥弹泪听，销金锅里颂金瓯。

【注释】

张抡——字才甫，开封人。绍兴间，知阁门事。淳熙五年（一一七八），为宁武军承宣使。自号莲社居士，有《莲社词》一卷。

烽烟汴洛——南宋时，中原汴洛一带已是沦陷区。

西湖——南宋建都临安。此指杭州西湖。

销金锅——《武林旧事》："西湖景，朝昏晴雨皆宜。杭人亦无时不游，而春游特盛。日糜金钱，靡有既极，故杭谚有'销金锅儿'之目。" 金瓯——《南史·朱异传》："武帝……言：'我国家犹若金瓯，无一伤缺。'"

【题解】

张抡《壶中天慢》词下片有"圣代道洽功成，一尘不动，四境无鸣柝。屡有丰年天助顺，基业增隆山岳。两世明君，千秋万岁，永享升平乐"等句，南渡君臣与中原父老，何忍闻此语？

史达祖

辛陆诸公鬓已皤，枕边鼓角绕关河。

江南士气秋蛩曲，白雁声中奈汝何！

【注释】

史达祖——南宋词人，字邦卿，号梅溪，汴（今河南开封）人。曾依权相韩侂胄为吏。其词偏重形式，琢句炼字，细腻工巧，咏物词尤著名。有《梅溪词》。

辛陆诸公——指辛弃疾、陆游。　鬓已皤——鬓发已白。

枕边鼓角——梦中的北伐大军的鼓角。辛陆的恢复大志不能实现，只能托之于梦。

秋蛩——指蟋蟀。

白雁——南宋儿歌有"白雁渡江来"句，后元将伯颜渡江灭宋，当时人迷信，认为是一种预言。　奈汝何——你有什么办法呢？汝，泛指一般人。

【题解】

南宋咏物词自姜夔咏蟋蟀后，史达祖、张炎继之咏燕咏雁，辛弃疾、陆游词那种忧国忧民的高昂声息，随国运而同趋微弱了。

张　镃

　　京洛繁华指一弹，过江才子惜春残。

　　南朝两种花中了，吟过梅花赛牡丹。

【注释】

　　张镃——字功甫，号约斋。官奉议郎，直秘阁。善画竹石古木，有《南湖集》。

　　京洛繁华——谓北宋汴京旧日繁华。　指一弹——《吕氏春秋》："二十瞬为一弹指。"苏轼诗："一弹指顷去来今。"

　　过江才子——《晋书·王导传》："过江人士，每至暇日，相要出新亭饮宴，周颢中坐而叹……相视流涕。惟导愀然变色曰：'当共戮力王室，克复神州，何至作楚囚相对泣耶？'"

　　南朝——指南宋。　两种花——指梅花和牡丹。

【题解】

　　张镃生活豪奢。《齐东野语》卷二十记其家牡丹会事，谓："众宾既集，坐一虚堂，寂无所有，俄问左右云：'香已发未？'答云：'已发。'命卷帘。……群妓以酒肴丝竹次第而至。别有名姬十辈，皆衣白，凡首饰衣领皆牡丹，首戴照殿红一枝，执板奏歌侑觞。歌罢乐作，乃退。……良久香起，卷帘如前，别十姬易服与花而出。……如是十杯，衣与花凡十易。所讴者皆前辈牡丹名词。酒竟，歌者乐者无虑数百十人，列行送客，烛光香雾，歌吹杂作，客皆恍然如仙游也。"又《齐东野语》卷十五记张镃家花园有玉照堂，植梅三百馀本，有"一棹径穿花十里，满城无此好风光"之句。

刘 过

　　猿臂人弯百石弓，不伤鲁缟见真雄。

　　江湖剑客矜飞走，越女相逢一笑中。

【注释】

　　刘过——南宋词人，字改之，号龙洲道人，庐陵（今江西吉安）人。流落江湖间，曾从辛弃疾游。其词风格豪放。有《龙洲词》。

　　猿臂——汉李广手臂如猿，善射。　百石弓——指硬弓。石，衡名，一百二十斤为一石。百石弓夸称用一万二千斤强力才能拉得动的硬弓。

　　不伤鲁缟——《汉书》注："缟，素也。曲阜之地，俗善作之，尤为轻细。"《国策》说："强弩之末，不能穿鲁缟。"不伤鲁缟，谓驾御弓箭有高度技巧。

　　矜——夸说自己长处叫矜。

　　越女——《吴越春秋》记越女精剑术，途遇猿公，与之格斗。猿公败，上树化为白猿。

【题解】

弯百石弓而不伤鲁缟，谓不但要有力度，还要运用巧劲。若一味粗豪，那就如同自矜飞走的江湖剑客，会被越女所嗤笑。

姜　夔 一

一麾湖海望昭陵，慷慨高谈泽潞兵。
付与南人比吟境，二分冷月挂芜城。

【注释】

姜夔——南宋著名词人，音乐家，字尧章，号白石道人，鄱阳（今属江西）人。一生未仕，卒于杭州。其词重格律，音节谐美，用字造句，刻意精心。张炎称其词如"野云孤飞，去留无迹"。有《白石道人歌曲》。

一麾——麾，旌旗之属，用以指挥的。《周礼》："建大麾。" 昭陵——唐太宗墓。唐杜牧诗："欲把一麾江海去，乐游原上望昭陵。"这是杜牧将离长安出仕外地时登长安乐游原怀念唐太宗之作。

泽潞兵——中唐时刘从谏守泽潞，何进滔据魏博，颇骄蹇不循法度，杜牧追咎长庆以来朝廷措置无术，致成藩镇之祸，作《罪言》议论其事。见《旧唐书·杜牧传》。

南人——指姜夔等南方人。

二分冷月——唐徐凝诗："天下三分明月夜，二分无赖是扬州。" 芜城——即广陵故城，在江苏扬州。后城邑荒芜，鲍照为作《芜城赋》。

【题解】

杜牧是北方人，姜夔是南方人，这首诗以杜、姜对比而言。姜夔《扬州慢》词："杜郎俊赏，算而今、重到须惊。纵豆蔻词工，青楼梦好，难赋深情。二十四桥仍在，波心荡、冷月无声。"这词作于隆兴战败之后（隆兴是南宋孝宗年号），但悲凉哀叹，远不如杜牧《罪言》之有气概。

姜　夔　二

　　三吴双井雅音函，早岁吟心辨苦甘。
　　不供温韦寻梦境，春衫冷月过淮南。

【注释】

　　三吴——古称湖州、苏州、常州为三吴。　双井——在江西。

　　温韦——温庭筠、韦庄，都是花间派作家，以艳体词著名。

　　冷月过淮南——姜夔《踏莎行》词结句："淮南皓月冷千山，冥冥归去无人管。"

【题解】

　　姜夔早岁游湖州、苏州、杭州各地，称赞俞灏词"以儒雅缘饰"。又其诗集自序，谓少日"三熏三沐师黄太史氏（黄庭坚）"。黄庭坚是江西双井人。姜夔有淳熙十四年（一一八七）金陵江上感梦词，虽写恋情，不作温庭筠、韦庄的艳体。可见他在三十岁前后，诗词已自成风格。

姜 夔 三

唱和红箫兴未阑，棹歌鉴曲负三山。
山翁碧岳黄流梦，与子忘言晋宋间。

【注释】

唱和红箫——范成大以婢小红赠姜夔。夔携小红归湖州，除夕大雪，过吴江垂虹桥，有诗云："自作新词韵最娇，小红低唱我吹箫。"

棹歌鉴曲——鉴曲即鉴湖，在浙江绍兴。绍熙四年（一一九三），姜夔游绍兴鉴湖，作《水龙吟》、《玲珑四犯》等词。 三山——陆游晚年居鉴湖之三山村，时人称他为"三山翁"。

山翁——指陆游。 碧岳黄流——陆游诗："三万里河东入海，五千仞岳上摩天。遗民泪尽胡尘里，南望王师又一年。"

子——指姜夔。 忘言——没有话可应酬的意思。 晋宋间——南宋陈郁《藏一话腴》称姜夔"襟期洒落，如晋宋间人"。

【题解】

陆游、姜夔二人都久住杭州，陆晚年居鉴湖，姜夔亦去游过，而两家集里却无一语投赠，可能因为陆志在恢复中原，而姜夔却襟怀潇洒，志行不同，使得他们迹近神疏吧？清人刊姜夔集，投赠诗中附收陆游诗数首，其实都是别人的作品。

姜 夔 四

开禧兵火见流亡，合变词风和鞳鞳。
迟识稼轩翁倘悔，一尊北顾满头霜。

【注释】

开禧——南宋宁宗年号。　兵火——开禧年间韩侂胄抗金战败，百姓流亡。

合变词风——谓姜夔应该改变词风。　和鞳鞳——鞳鞳是钟鼓声。和，去声。声相应曰和。

稼轩——辛弃疾号。　翁——指姜夔。

北顾——楼名。在江苏镇江北固山上，下临长江，原名北固楼。梁武帝改北固为北顾。

【题解】

姜夔词风以清刚著称。其晚年遇辛弃疾以后，词风有所改变，如《永遇乐·北顾楼次稼轩韵》一首，作于嘉泰四年（一二〇四），时夔约五十岁，辛弃疾六十五岁。《永遇乐》词上片句云："有尊中酒差可饮，大旗尽绣熊虎。"下片句云：

"中原生聚，神京耆老，南望长淮金鼓。"气派较阔大，可与辛词鞳鞳之声唱和。

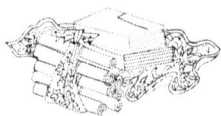

姜 夔 五

张柳吟灯满绮罗，侯门一老厌笙歌。

野云那有作峰意，终古江湖贫士多。

【注释】

张柳——张先、柳永。　吟灯满绮罗——谓张、柳作品多述闺阁艳情。

侯门一老——指姜夔。夔一生不曾做官，他除了卖字之外，大都是依靠朋友的周济。在苏州，他曾作退休宰相范成大的门客。在杭州，他依赖最久的张平甫，是南宋大将张俊的孙子。

野云——张炎《词源》评姜夔词如"野云孤飞，去留无迹"。　作峰——云作峰。

江湖贫士——南宋中叶，有许多落魄文人拿文字作干谒的工具，这些人就叫江湖游士。

【题解】

姜夔无意开宗立派，由于他的词清刚骚雅，且以布衣终身，历来江湖文士多同此处境和爱好，故多传诵其词。

刘克庄

莆田一老并龙洲，同坐江湖百尺楼。

要与梅花争傲骨，莫贪眉语错伊州。

【注释】

刘克庄——南宋著名诗人词人，字潜夫，号后村居士，莆田人。淳祐间特赐同进士出身，官至龙图阁学士。诗词继承陆游、辛弃疾传统，伤时念乱，风格豪迈。《贺新郎》、《满江红》诸词，尤为突出。有《后村大全集》。

莆田——在福建省，刘克庄莆田人。　龙洲——南宋词人刘过号。

百尺楼——东汉陈登字元龙。许汜尝与刘备共论人物，汜曰："昔过下邳，见元龙无主客礼，自上大床卧，使客卧下床。"备曰："君有国士名，而不留心救世，乃求田问舍，言无可采，是元龙所讳也。如小人，当卧百尺楼上，卧君于地，何但上下床之间耶？"

要与梅花争傲骨——刘克庄落梅诗有句云："东风谬掌花权柄，却忌孤高不主张。"言官谓其讪谤，因而坐罪。其后诗禁解除，刘克庄作访梅诗，有"却被梅花累十年"之句。

错伊州——刘克庄词："贪与萧郎眉语，不知舞错伊州。"伊州，曲调名。唐开元中西凉节度使盖嘉运进此曲。

【题解】

刘克庄词笔力雄健，风格豪迈，可以比美刘龙洲，卓然是南宋后期词坛一大家。其《后村大全集》中多应酬之作，有与贾似道书启，语涉阿谀。"莫贪眉语错伊州"句指此。

元好问 一

纷纷布鼓叩苏门，谁扫刁调返灏浑？
手挽黄河看砥柱，乱流横地一峰尊。

【注释】

元好问——金代杰出文学家，字裕之，号遗山，太原秀容（今山西忻县）人。兴定进士，曾任行尚书省左司员外郎等职。金亡不仕。诗词多伤时感事之作，苍凉沉郁，风格刚劲，有北方诗人的特色。有《遗山乐府》。

布鼓——以布为鼓，敲不出声音来。《汉书·王尊传》："毋持布鼓过雷门。" 苏门——苏轼的门庭。

谁扫刁调——刁调，枝叶动摇貌。《庄子·齐物论》："而独不见之调调之刁刁乎。"引申而谓枝叶动摇发出的小声。谁扫刁调，即谁扫去刁调小声。 返灏浑——返到灏浑的大气派。

砥柱——山名，在黄河中。大禹治水，破砥柱山以通河，谓之三门，即三门峡（见《水经注》）。

乱流横地——指黄河。 一峰尊——指砥柱。

【题解】

苏轼集传到北方以后，金人学苏词的不少，但谁能扫去刁调小声而返到灏浑的大气派呢？元好问在金末，上承苏轼，卓有成就。他的词大气灏浑，如赋三门津有"万象入横溃，依旧一峰闲"句，可作为他的词集《遗山乐府》的赞语。

元好问 二

唾手应酬杂笑姗，未容小节议遗山。

高流妙诀无多子，两字传君是勇删。

【注释】

唾手应酬——唾手，谓唾手可得，极言其容易。唾手应酬，谓很容易地写了许多应酬作品。 笑姗——非议讥笑的意思。

未容——不容许。 小节——小事。 遗山——元好问号。

高流——高等学人。 妙诀——好办法。 无多子——子，语助词。无多子即不多意。

君——指读者。 勇删——勇于删汰。

【题解】

清代华亭张家矞刊遗山词五卷，其末卷多应酬滥作。《彊村丛书》刊遗山词用高丽本，删汰应酬滥作，可能是遗山手定。

吴文英 一

小湖北岭屐群群，绿萼沧浪酒几巡。
梦路倘逢过岭客，笳边忍伴斗蛩人。

【注释】

吴文英——南宋著名词人，字君特，号梦窗、觉翁，四明（今浙江宁波）人。曾为嗣荣王等显贵门客。其词字句工丽，音律和谐，但喜用典故，词意晦涩。有《梦窗甲乙丙丁四稿》。

小湖——指杭州里西湖。　北岭——指杭州里西湖葛岭。南宋奸相贾似道住里西湖葛岭。　屐群群——谓很多文士登门谒见。刘毓盘《词史》："贾似道当国，尤好词人。……八月八日为其生辰，每岁四方以词为寿者以数千计。"

绿萼沧浪——指苏州沧浪亭的绿萼梅。

过岭客——指吴潜。潜字履斋，官至宰相。后被贬官过岭南，被毒死于循州谪所。

笳边——指元兵南侵。　斗蛩人——指贾似道。贾似道在元兵南侵的时候，还在半闲堂斗蟋蟀取乐。

【题解】

吴文英原亦出入于贾似道之门，其寿贾似道词有"小湖北岭云多"句。后来南宋理宗的宰相吴潜受到贾似道的迫害。潜和吴文英交好，他们曾于嘉熙三年（一二三九）一同观梅于苏州之沧浪亭，文英作《金缕曲·陪履斋先生沧浪看梅》词，潜有和章。贾似道诬谮潜在建储（立太子）问题上措置无方，潜被谪官罢相，文英不负吴潜旧情，不忍再和贾似道来往。清刘毓崧作《梦窗词叙》，认为："梦窗于似道未肆骄横之时，赠以数词，固不足为累。"以后梦窗"灼见似道专擅之迹日彰，是以早自疏远；亦以畴昔受知于吴履斋，词稿中有追陪游宴之作，最相亲善；是时履斋已为似道诬谮罢相，将有岭表之行；梦窗义不肯负履斋，故特显绝似道耳"。

吴文英 二

横海仙人跨彩鸾，眼前金碧各檀栾。
是谁肯办痴儿事，七宝楼台拆下看。

【注释】

金碧各檀栾——吴文英《声声慢·闰重九饮郭园》词："檀栾金碧，婀娜蓬莱，游云不蘸芳洲。"檀栾，色彩鲜明意，枚乘《兔园赋》："修竹檀栾，夹水碧鲜。"

七宝楼台——张炎评吴文英词"如七宝楼台，眩人眼目，碎拆下来，不成片段"。

【题解】

吴文英词形式极美，此诗首二句以神仙宫阙的金碧辉煌来形容它的绚丽色彩。往年朱彊村先生谈及张炎"七宝楼台"这段话时，提出相反的看法，他说："七宝楼台，谁要他拆碎下来看。"彊村先生早年词学吴文英，他不同意张炎评语。

刘辰翁

稼轩后起有辰翁，旷代词坛峙两雄。
憾事筝琶银甲硬，江西残响倚声中。

【注释】

刘辰翁——南宋词人，字会孟，庐陵（今江西吉安）人。太学生。景定廷试对策，因触犯权奸贾似道，置于丙等。宋亡不仕。其词不假雕琢。有《须溪集》。

两雄——指辛弃疾、刘辰翁。

银甲——弹筝与琵琶用的假指甲。

江西残响——指黄庭坚江西派馀留下来的诗风。　倚声——即填词。

【题解】

刘辰翁生于南宋末年，和宰相江万里交好。宋亡，万里投水殉国，辰翁也守节不仕。他的《须溪词》接近辛弃疾，词风阔大。特别是宋亡以后，他的作品含着遗民的血泪。稍感遗憾的是，他的词常带有江西派诗的生硬作风。

周密、王沂孙

草窗花外共沉吟，桑海相望几赏音？
不共玉田入中秘，清初诸老夜扪心。

【注释】

周密——南宋词人，字公谨，号草窗、苹洲、泗水潜夫等，吴兴（今浙江湖州）人。宋末曾任义乌令，宋亡不仕。其词格律谨严，清丽工巧。有《草窗词》。

王沂孙——南宋词人，字圣与，号碧山、中仙，会稽（今浙江绍兴）人。入元，曾任庆元路学正。词属姜夔一派。有《花外集》。

草窗——周密号。　花外——王沂孙词集名。

桑海——沧海桑田。桑海相望，谓经过世变，即换了时代之后；相望，相看意。　几赏音——几人相知。

玉田——张炎字玉田。　中秘——指封建时代皇家图书馆。

扪心——谓扪心有愧。

【题解】

周密、王沂孙词集，清初有传本，皇家图书馆收张炎的《山中白云》而不收周、王二集，可能馆臣鉴于周、王两家集中多故国之思、黍离之痛，不敢进呈吧？

周　密

　　弁阳一老久低眉，怕和哀歌吊黍离。

　　授与两编挥汗读，凤林词选谷音诗。

【注释】

　　弁阳一老——周密又号弁阳啸翁。　低眉——忧愁貌。

　　黍离——《诗经·王风》篇名。周大夫行役，过故宗庙宫室，尽为禾黍，悯周室之颠覆，彷徨不忍去，而作是诗。

【题解】

　　周密本山东济南人，后居吴兴、杭州。他登绍兴蓬莱阁作《一萼红》，有句云："回首天涯归梦，几魂飞西浦，泪洒东州。故国山川，故园心眼，还似王粲登楼。……为唤狂吟老监（指贺知章），共赋消忧。"表达了黍离之痛。这首诗下二句评论周密选《绝妙好词》。与周密同时的诗词选有二：一是《凤林书院词选》，无名氏选。二是《谷音诗》，杜本选。周密选《绝妙好词》，于辛弃疾只取其软媚情词，沧桑之际如文天祥、刘辰翁诸人，更不敢录一字。对比《凤林》、

《谷音》，他是应该感到愧赧的。

文天祥

宫廷老妇署名降，缧绁孤臣意慨慷。

驿路一词同斧钺，几人生死欠商量。

【注释】

文天祥——南宋著名政治家、文学家，字宋瑞、履善，号文山，庐陵（今江西吉安）人。二十岁中状元，官至右丞相。元兵南下时，一再起兵抵抗，战败被执，在燕京监禁三年，不屈就义。他的词和诗文，沉郁悲壮，表达了坚贞的民族气节和英雄气概。有《文山集》。

宫廷老妇——指南宋谢道清太后。 署名降——元兵破杭州，太后和妃嫔被俘北去，太后署名降元。

缧绁孤臣——指文天祥。缧绁，拘系罪人的绳索。

驿路——驿马经过的路。 一词——指文天祥代王清惠昭仪所作之词。 斧钺——刑具，指贬斥。

几人——指谢道清太后及其他降元的人。 欠商量——文天祥见王清惠题驿壁词，叹曰："夫人于此欠商量矣。"

【题解】

文天祥《指南录》载：北行途中见王清惠昭仪题驿亭词"愿姮娥于我肯从容，同圆缺"句，叹曰："夫人于此欠商量矣。"因为代作一首。按清惠原词之"姮娥"，似指谢道清太后，谓愿与后同生死，并非希冀见容于元廷。天祥《指南录》中的话，当是借此指斥谢后降元，其代作词有"昭阳落日"、"铜雀新月"句，寓意可见。

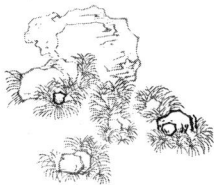

张　炎 一

吟成孤雁人亡国，技尽雕虫句到家。
持比须溪送春什，怜君通体最无瑕。

【注释】

张炎——南宋著名词人、词论家，字叔夏，号玉田、乐
笑翁，原籍天水，家于临安（今浙江杭州）。宋亡，浪游于
江南一带。其词音律谐婉，悲怨凄怆，多寓家国之痛。有
《山中白云》词集及《词源》。

吟成孤雁——张炎有《解连环·孤雁》词很著名，时人
称他为"张孤雁"。　人亡国——人，指张炎。亡国，张炎
生在宋元易代之际。

雕虫——汉扬雄谓"雕虫篆刻，壮夫不为"。雕虫指小
技。此指填词是小技。

持比——拿它来比。　须溪——刘辰翁号。　什——篇
什。《诗经》中的雅颂，以十篇为一卷，故叫什。须溪送春
什，即刘辰翁的送春词。

怜君——君，指张炎。

【题解】

张炎是南渡大将张俊的后代。宋亡后曾经在四明设卜肆，一度往元都燕京，落拓而归。其《孤雁》词借孤雁离群之悲，来自伤身世。词中说"料因循误了，残毡拥雪，故人心眼"，含有愧对守节不屈的故友的意思。张炎词虽通首妥溜，文字无瑕，技巧到家，远不及刘辰翁的佶屈生硬之作。刘辰翁的《须溪词》中有好几篇送春词，都是追忆亡国之痛的。

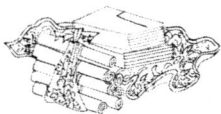

张　炎　二

彩笔传家羡玉田，崚嶒风雪走幽燕。

晚年乐笑缘何事？醉梦听鹃二十年。

【注释】

彩笔传家——彩笔，多彩的笔。传家，张炎的祖辈张
镃、张鉴、父张枢都是词家，张镃的《南湖诗馀》尤有名。
玉田——张炎号。

崚嶒——形容积雪如山。　走幽燕——张炎于宋亡后，
往元京求官，失意而返。元都燕京，即今之北京。

晚年乐笑——张炎晚年自号"乐笑翁"。

听鹃——北宋邵雍在洛阳听见杜鹃叫，说地气变了，将
有南方人做宰相。后来反对新法的人，因王安石是南人，以
闻鹃为祸乱的征兆。张炎《阮郎归》词有"醉中不信有啼鹃，
江南二十年"句。

【题解】

张炎《阮郎归·有怀北游》词结句："醉中不信有啼鹃，

江南二十年"，是说南宋统治集团晏安于江南，不能预见祸机。这首诗是用张炎原话来反问他：为何在亡国以后，还自号乐笑翁，所乐何事，所笑何事？他自己难道不是也在醉梦中吗？

张　炎 三

> 金经学写泪偷弹，春雪词成寄恨难。
> 堕地无香更谁怨？自家原不作花看。

【注释】

金经——以金字写佛经。《南史·梁武帝纪》："幸同泰寺，……发金字般若经题。"

春雪词——指张炎的《探春》、《雪霁》词。

【题解】

张炎于宋亡后尝入燕京，求官不得，为元廷写过金字经，失意而归。他的词集《山中白云》有《探春》、《雪霁》词，写道："才放些晴意，早瘦了梅花一半。也知不作花看，东风何事吹散。"这大概是他求官不遇的怨恨之辞。张炎借东风吹落梅花，怨它不把梅花当花看。这首诗却指出：你不能怨东风，因为你自己也不把自己当花看。

张　炎　四

皓首沧桑已厌谈，白云持赠又何堪？

西湖艳说生春水，一勺初尝味较甘。

【注释】

皓首沧桑——张炎生当宋元易代之际，落魄江湖，到晚年厌谈沧桑之痛。

白云持赠——张炎词集名《山中白云》，用陶弘景"山中何所有？岭上多白云。只可自怡悦，不堪持赠君"诗意。

春水——张炎《南浦·春水》词："和云流出空山，甚年年净洗花香不了？"为传诵名句，人称"张春水"。

【题解】

张炎词集《山中白云》中虽有名作，而酬赠甚滥。

陈经国

深源夷甫论雍容，坐见吴山映夕烽。
百辟动容雷殷地，江湖游客几真龙。

【注释】

陈经国——南宋词人，嘉熙淳祐间人。有《龟峰词》。

深源、夷甫——人名。深源，殷浩字。夷甫，王衍字。
都是晋朝人。　论雍容——坐着发议论的意思。谓陈经国对
南宋当权者发议论。

吴山——在杭州凤山门内。《名胜志》：“春秋时为吴南
界，以别于越，故名吴。或曰：以祠伍子胥，讹伍为吴，故
郡志亦称胥山。凡城南隅诸山，蔓衍相属，总曰吴山。”　映
夕烽——谓元兵进逼杭州都城。

百辟——即百官。　动容——震动。　雷殷地——《诗
经》：“殷其雷。”殷音隐，雷发声。此言经国忧国议论，能
使朝廷百官震动。

几真龙——用叶公好龙的故事。《新序·杂事》载：“叶
公子高好龙，钩以写龙，凿以写龙，屋室雕文以写龙，于是

天龙闻而下之，窥头于牖，施尾于堂。叶公见之，弃而还走，失其魂魄，五色无主。"

【题解】

　　陈经国存词不多，而忧国语甚深至，如《沁园春》词云："刘表坐谈，深源轻进，机会失之弹指间。"是用晋人作比，批评的矛头直接指向南宋统治集团的官僚们，使之动容震慑。周密说："南宋江湖游士，朝堂多畏其口吻。"若陈经国者，殆可谓江湖游士中之真龙。

《乐府补题》

空坑战鼓震天涯，白塔斜阳几吠鸦。
谁起苍头吊黔首，牛羊骨里哭皇家。

【注释】

空坑——《宋史·文天祥传》："（天祥）遣张汴……等盛兵薄赣城，……（元将）李恒遣兵援赣州，而自将兵攻天祥于兴国，穷追……至空坑，军士皆溃。"空坑，地名，在江西吉州。

白塔——南宋末年，杨琏真加发宋宁宗、理宗、度宗、杨后四陵，既而复发徽宗、高宗、孝宗、光宗四陵及诸后陵，"哀诸陵骨，杂置牛马枯骼中，建白塔于故宫。……塔成，名曰镇南，……杭人悲感，不忍仰视"。见《续资治通鉴》元纪二，世祖至元十五年事。　吠鸦——吠，叫。

苍头——以青帛包头之起义军，见《汉书·陈胜传》。吊黔首——吊民伐罪。

牛羊骨里哭皇家——牛羊骨里，见"白塔"句注："哀诸陵骨，杂置牛马枯骼中。"皇家，指诸陵帝后遗骨。初，杨琏真加发掘诸陵，"截理宗顶以为饮器（尿壶），弃骨草莽间。是夕，闻四山皆有哭声"。见《续资治通鉴》五〇二一页。

【题解】

宋末山阴唐珏、平阳林景曦等收拾诸陵帝后遗骸，瘗亭兰山南，移常朝殿冬青树植其上。他们并作《乐府补题》，借咏物小题写沧桑之痛。但无有如江西文士（文天祥等）能起来从军抗敌。

金　堡

丹霞山色是耶非，谁向西湖问澹归？

叱起蛟龙听大喟，黄巢矶下涤僧衣。

【注释】

金堡——明末词人，字道隐，杭州人。崇祯进士，入清
后薙发为僧，住丹霞山。有《遍行堂集》。

丹霞山——在广东韶州。　是耶非——是不是故国原来
的山色呢？

谁向西湖问澹归——金堡，杭州人。出家后法名今释，
字澹归。

叱起蛟龙——把潜在长江里的蛟龙呵叱起来。　听大
喟——听金堡的感念故国的叹息。

黄巢矶——在长江边。

【题解】

金堡的《满江红·大风泊黄巢矶下》词，是一首名作。
下片云："雨欲退，云不放。海欲进，江不让。早堆块一笑，

万机俱丧。老去已忘行止计，病来莫算安危帐。是铁衣著尽著僧衣，堪相傍。"悲愤苍凉，表现了不屈的民族气节。

陈子龙

湘真阁子听江开，咫尺终童唱大哀。

慷慨英游携手路，拜鹃诗就戴头来。

【注释】

陈子龙——明末著名文学家，字人中、卧子，号轶符、大樽，华亭（今上海松江）人。崇祯进士，官至兵科给事中。清兵入关，他联络太湖义军，图谋起事。事泄被捕，乘间投水死。也工词。有《陈忠裕公全集》。

湘真阁子——陈子龙有《湘真阁词》。　听江——听江声。

终童——汉终军年十八，上书武帝，请长缨羁南越王归汉，至越被杀，年二十馀。此处指夏完淳。完淳死节时年仅十七。　大哀——夏完淳著有《大哀赋》、《南冠草》等不朽著作。

英游——夏完淳柬半村先生诗："英雄生死路，却似壮游时。"

拜鹃诗——《寰宇记》："蜀王杜宇，号望帝，后因禅位，自亡去，化为子规。"杜甫作拜鹃诗，寄托对国君的思念。

戴头来——《唐书》：郭晞在邠州纵士卒为暴，军士入市刺酒翁，段秀实取其首植市门。晞一营大噪，尽甲。秀实至晞门，笑且入曰："杀一老卒，何甲也？吾戴吾头来矣。"

【题解】

陈子龙是夏完淳的父执，也是夏完淳的老师。他们俩在明亡时都慷慨死节，表现了坚贞的民族气节。

夏完淳

艾灸眉头一嗒然，几人忍死到华颠？

几人汗下南冠草？堕地星辰十七年。

【注释】

夏完淳——明末抗清义军首领，著名文学家，原名复，字存古，华亭（今上海松江）人。父允彝。师陈子龙，文章气节，都有声名。淳十三岁作《大哀赋》。十四岁从父、师起兵抗清。事败被捕到南京，英勇就义。

艾灸眉头——吴伟业《贺新郎》词中有"艾灸眉头瓜喷鼻"句。艾灸眉头是中医的治疗方法。一说能治狂疾，一说能治鼻渊。见《晋书·郭舒传》、《隋书·麦铁杖传》。 嗒然——丧气。《庄子》："嗒焉似丧其偶。"

华颠——头发白了。

南冠草——夏完淳被囚时所著诗文集名。

星辰——指夏完淳。刘禹锡序柳子厚集："粲焉如繁星丽天。" 十七年——夏完淳死节时年甫十七。

    朱彝尊谓夏完淳"大哀一赋，足敌兰成（庾信）。昔终军未闻善赋，汪踦不见能文，方之古人，殆难其匹"。完淳之《大哀赋》实不逊庾信之《哀江南赋》。其人其文，足为世界文学史上的巨星。吴伟业明亡后仕清，晚年作《贺新郎》词，有"艾灸眉头瓜喷鼻，今日须难决绝"句，这是他自恨晚节不终，以致心里非常痛苦。他读夏完淳的《南冠草》，是会惭愧流汗的。

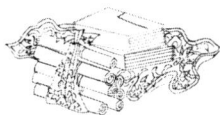

王夫之

共谁月窟话神游，难挽天河浣客愁。

凄绝听鹃桥畔客，临终呓语问幽州。

【注释】

王夫之——明末清初著名思想家、文学家，字而农，号薑斋，衡阳（今属湖南）人。崇祯举人。明亡不仕，筑土室于衡阳之石船山，杜门著书。也工词。有《船山全集》。

月窟话神游——王夫之《绮罗香》词有"任老眼，月窟幽寻"句。

天河——指银河。王夫之《绮罗香》词有"欲挽银河水，仙槎遥渡"句。

听鹃——宋邵雍在洛阳天津桥闻鹃事，见前张炎二首注。

临终呓语问幽州——王夫之《绮罗香》词小序云："读邵康节遗事，属纩之际，闻户外人语，惊问：'所语云何？'且曰：'我道复了幽州。'声息如丝，俄顷逝矣。有感而作。"

【题解】

　　王夫之入清后隐居著书，他身居岩壑，仍关心恢复大事。其《更漏子》词有句云："霜叶坠，幽虫絮，薄酒何曾得醉。天下事，少年心，分明点点深。"其《绮罗香》读邵康节遗事有感而作词结句云："君知否，雁字云沉，难写伤心句。""雁字云沉"，是说北方没有消息，所以为之伤心。王夫之志存恢复，所以他对邵康节临终不忘收复幽州之事特别容易引起共鸣。

陈维崧

赵魏燕韩指顾中，凉风索索话英雄。

燕丹席上衣冠白，豫让桥头落照红。

【注释】

陈维崧——清代著名词人，字其年，号迦陵，江苏宜兴人。早岁能文，落拓不偶。晚年应博学鸿词科，授检讨。填词多至一千六百馀首，风格豪放，多抒写身世和感旧怀古之作，也有描写人民疾苦的作品。有《迦陵词集》。

赵魏句——陈维崧《点绛唇·夜宿临洺驿》词中句："赵魏燕韩，历历堪回首。悲风吼，临洺驿口，黄叶中原走。"

凉风句——陈维崧《好事近·夏日史蘧庵先生招饮》词下片："别来世事一番新，只吾徒犹昨。话到英雄失路，忽凉风索索。"

燕丹、豫让二句——陈维崧《南乡子·邢州道上》下片："残酒忆荆高，燕赵悲歌事未消。忆昨车声寒易水，今朝，慷慨还过豫让桥。"燕丹，即燕国太子丹。他遣荆轲去刺秦王，于易水上设宴钱别，满座都穿白衣冠，悲歌慷慨。

豫让，战国时侠士。

【题解】

　　陈维崧曾游历北方各地，写了不少怀古词，燕赵游侠悲歌慷慨的形象，跃然纸上。他的词风格豪放，虽小令亦写得波澜起伏，是清代词坛上的苏辛派大家。

朱彝尊 一

朱陈艳说好村名，坡老重经百感并。

琴趣茶烟魂定否？村村野哭过门声。

【注释】

朱彝尊——清代著名文学家，字锡鬯，号竹垞，秀水（今浙江嘉兴）人。康熙时举博学鸿词科，授检讨。博通经史，擅长诗词古文。词宗姜夔、张炎，风格清丽，为清代浙派词的创始者。有《曝书亭集》。

朱陈艳说好村名——朱彝尊与陈维崧合刻词集名《朱陈村词》，用苏轼《朱陈村嫁娶图》诗意。

坡老——指苏轼。

琴趣——朱彝尊有词集名《静志居琴趣》。　茶烟——朱彝尊有词集名《茶烟阁体物集》。　魂定否——心安否。

野哭——杜甫《阁夜》诗："野哭几家闻战伐。"

【题解】

朱彝尊生当明、清之交，乃是"野哭几家闻战伐"的时代。而他的词中，艳体、咏物诸作，十居八九。其《静志居琴趣》都写艳情，《茶烟阁体物集》都是咏物小题，很少反映当时民间疾苦之作。坡老对此，应该会百感交集的。

朱彝尊 二

丽韵风怀系梦思，蒸豚两庑也涎垂。
一心两手扶皇极，马郑家言秦柳词。

【注释】

丽韵风怀——朱彝尊有《风怀二百韵》，世传是为其妻妹而作。

蒸豚两庑——朱彝尊自谓："宁可不食两庑冷猪肉，不删《风怀二百韵》。"两庑冷猪肉，谓配享孔庙。

皇极——言天子建立准则，为四方万民所取法。此指清政权。

马郑——马指马融。融为东汉经学家，注释《诗》、《书》、《易》、《礼》等书。郑指郑玄。玄为马融弟子，亦经学家，著有《毛诗笺》，并注《周礼》、《仪礼》、《礼记》等书。"马郑家言"，指朱彝尊的经学著作《经义考》。　秦柳词——秦指秦观，柳指柳永，两家词皆以艳媚著称。

【题解】

　　朱彝尊的《静志居琴趣》，叙与妻妹冯寿常（字静志）私恋事。故评论家认为："《静志居琴趣》一卷，皆《风怀》注脚也。"陈廷焯说："艳词有此，匪独晏、欧所不能，即李后主、牛松卿亦未尝梦见。"朱彝尊既有《风怀二百韵》与《静志居琴趣》之作，又有《经义考》百卷之作，这两者如出两人手。一方面是马、郑家言，一方面是秦、柳词，它们同样起着巩固清王朝的作用。

顾贞观

销魂季子玉关情，冰雪论交万里程。

何必楼台羡金碧，至情言语即天声。

【注释】

顾贞观——清代词人，字华峰，号梁汾，江苏无锡人。康熙举人，擢秘书院典籍。其词多写个人情怀，寄吴兆骞《金缕曲》二首，尤真切动人。有《弹指词》。

季子——春秋吴季札封于延陵，称延陵季子。此句中之季子指顾贞观的朋友吴兆骞。顾贞观寄吴兆骞宁古塔《金缕曲》词首句："季子平安否？" 玉关——玉门关，在甘肃阳关之西北，是古代通西域之要道。唐王之涣《出塞》诗："羌笛何须怨杨柳，春风不度玉门关。"

冰雪论交——顾贞观寄吴兆骞《金缕曲》词中句："冰与雪，周旋久。" 万里程——吴兆骞因科场案流放东北宁古塔二十馀年。

楼台羡金碧——见前"填词"首"楼台七宝"句注。

天声——天籁。

【题解】

　　顾贞观寄吴兆骞的两首《金缕曲》，以词代书，诚挚感人。纳兰容若见之，为泣下数行，曰："河梁生别之诗，山阳死友之传，得此而三。"为恳求其父太傅明珠，兆骞果于康熙二十年（一六八一）被赦入关。顾贞观这两首《金缕曲》，脍炙词坛，至今传诵，为清词中的名作。

纳兰成德

思幽韵淡一吟身，冷暖心头记不真。

旷代销魂李锺隐，相怜婀娜六朝人。

【注释】

纳兰成德——清代著名词人，字容若，满洲正黄旗人。大学士明珠之子。康熙进士，官侍卫。爱才好客，所与游皆一时名士。善书能诗，尤工词，清新婉丽，有《饮水词》、《侧帽词》。

冷暖——《五灯会元》载道明禅师语："如鱼饮水，冷暖自知。"纳兰成德词集名《饮水词》。

李锺隐——李煜自号"锺山隐居"。

【题解】

杨芳灿（蓉裳）作纳兰词序，说纳兰成德"生长华胈，其词则哀怨骚屑，类憔悴失职者之所为。盖其三生慧业，不耐浮尘，寄思无端，抑郁不释，韵淡疑仙，思幽近鬼，年之不永，即兆于斯。"纳兰成德词宗李煜，工小令，情致自然，不事雕饰。词风婀娜，与六朝人文风相近。

厉 鹗

身是东南老布衣，凭高弹指看斜晖。

九天人语摇头听，七里滩声纳袖归。

【注释】

厉鹗——清代著名文学家，字太鸿，号樊榭，钱塘（今浙江杭州）人。康熙举人。博学工词，有《樊榭山房集》。

老布衣句——厉鹗终老布衣。

弹指——杭州西溪有弹指楼，词人祠堂就在这里。

九天句——谓厉鹗乾隆时试博学鸿词不第。

七里句——厉鹗有《百字令·月夜过七里滩》词，谓"月夜过七里滩，光景奇绝，歌此调几令众山皆响"。七里滩，在富春江。

【题解】

厉鹗终老布衣，词宗姜夔、张炎，雅淡清远，声调和谐。为浙派词的重要作家。其《百字令·月夜过七里滩》词有"风露皆非人世有，自坐船头吹竹。万籁生山，一星在水，鹤梦疑重续"句，传为名作。

洪亮吉

平分两当与长离，灯影机声又一时。

留与南人看胆气，冰天雪窖有新词。

【注释】

洪亮吉——清代经学家、文学家，字稚存，号北江，阳湖（今江苏常州）人。乾隆进士，授编修。以批评朝政，流放伊犁，不久赦还。工骈文及诗，也工词，有《洪北江全集》。

两当——清黄景仁著有《两当轩集》。　长离——清王采薇著有《长离阁集》。

南人——指洪亮吉。此句谓南人留下具有胆气的榜样。

【题解】

洪亮吉词可与黄景仁、王采薇比美。特别是他在流放新疆伊犁之际，仍坚持创作，写出《冰天雪窖词》和《机声灯影词》各一卷。

张惠言

茗柯一派皖南传，高论然疑二百年。

辛苦开宗难起信，虞翻易象满词篇。

【注释】

张惠言——清代经学家、文学家，字皋文，江苏武进人。嘉庆进士，官编修。精通《周易》、《仪礼》，工词及散文，为常州词派创始人。有《茗柯词》。

茗柯——张惠言著《茗柯诗文集》。　皖南传——张惠言的《词选》乃早岁在歙县金榜家课徒之作。

然疑——然谓赞同。疑谓怀疑。

开宗——开一宗派。　起信——引起信心。佛家有龙树《大乘起信论》。

虞翻易象——虞翻，三国时人，精于《周易》，著《易注》，好以易象说人事。

【题解】

张惠言治《易》宗虞翻，好以寄托解词，可说是以虞氏

《易》治词，亦下开当时常州词派以附会论词的风气。

周 济

稼轩阵脚着坡翁，周济论词恨欠公。
再世于湖如不夭，渡江风雨角双雄。

【注释】

周济——清代词人，字保绪，一字介存，号未斋，晚号止庵，荆溪（今江苏宜兴）人。嘉庆进士，官淮安府学教授。论词强调寄托，为常州派重要词论家。有《味隽斋词》。

稼轩、周济二句——谓清周济辑《宋四家词选》，以苏轼隶辛弃疾下，最不中理。

于湖——张孝祥号于湖居士。

【题解】

这首诗前两句说，周济辑《宋四家词选》，以苏轼隶辛弃疾下，最不中理。后两句谓《宋四家词选》不录于湖的《六州歌头》，实不具眼。相传于湖作诗文，时常问人："比东坡怎样？"于湖如不早死（死时才三十八岁），在南宋足与辛弃疾并驾齐驱。

龚自珍 一

才是红桑一度尘，九州坏劫堕星辰。

谁怜鬓影炉薰畔？遁此非儒非侠人。

【注释】

龚自珍——清代杰出思想家、文学家，又名巩祚，字璱人，号定庵，仁和（今浙江杭州）人。道光进士，官礼部主事。他的词，亦如他的诗文一样，纵横奇诡，迥不犹人。在常州词派中，他是一个突出的词家。

红桑——用《神仙传》麻姑说沧海变桑田事。唐人曹唐诗："海畔红桑花自开。"

坏劫——是佛家语，指火、水、风三大灾。　星辰——指龚自珍。参阅夏完淳首星辰注。

鬓影炉薰——指妓院环境。

非儒非侠人——自珍《湖月》词有"怨去吹箫，狂来说剑"句。洪子骏题词，说自珍是"侠骨幽情箫与剑，问箫心剑态谁能画"。

龚自珍生于清朝内忧外患初急时，其诗文表现对黑暗现实的强烈不满，议论纵横震一世。而其词亦多狭邪语，大概是他有意借此韬晦吧。

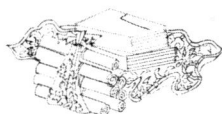

龚自珍 二

越世高谈一僇民，肯依常浙作家臣？
但疑霄汉飞仙影，仍是江湖载酒身。

【注释】

越世高谈——超越当世的言论。　僇民——僇，刑戮，
不为当世所容之人。

肯——岂肯。　常浙——常州词派，浙江词派。

江湖载酒身——朱彝尊词有《江湖载酒集》，用杜牧
"落魄江湖载酒行"意。

【题解】

龚自珍曾与林则徐、魏源等结宣南诗社，讲求经世之
学。在政治上，他反对封建制度，要求进行社会改革。他的
超越当世的高论，在清代文坛真可以说是霄汉飞仙。在词这
方面，他哪肯依傍张惠言的常州派和朱彝尊的浙江派呢？但
是可疑的是，龚自珍的词，亦如朱彝尊的《江湖载酒集》那
样，多写艳情。

龚自珍 三

词出公羊百口疑，深人窅论亦微词。

老来敢议常州学，自剔新灯诂女儿。

【注释】

词出公羊——谭献《箧中词》载："鲁川（冯志沂）……一日酒酣，忽谓予曰：'子乡先生龚定庵言词出于公羊，此何说也？'予曰：'龚先生发论，不必由中，好奇而已。第以意内言外之旨，亦差可傅会。'鲁翁曰：'然则，近代多艳词，殆出于穀梁乎？'盖鲁翁高文绝俗，不屑为倚声，故尊前谐语及此。"公羊，公羊高，周末齐人，子夏弟子，作《春秋传》，世称《春秋公羊传》。汉何休作《解诂》，发明《春秋》的微言大义。　百口疑——大家对词出公羊的说法，多有怀疑者。

窅论——微妙的言论。　微词——不便明言、隐约见意的词句。

常州学——清代江苏常州学人，自成一学派。

自剔新灯诂女儿——龚自珍《己亥杂诗》："词家从不

觅知音，累汝千回带泪吟。惹得而翁怀抱恶，小桥独立惨归心。"注："吾女阿辛，书冯延巳词三阕，日日诵之。自言能识此词之旨，我竟不知也。"诘，诘问。

【题解】

清代常州学派好以附会论词，故有"词出于公羊"的说法。龚自珍的公羊学，出于刘逢禄。刘逢禄常州人，精于《公羊春秋》，为清代今文学者之冠，著有《公羊何氏解诂笺》。张惠言亦常州人，治《易》宗虞翻，好以寄托解词。龚自珍的女儿阿辛日日流泪诵读的冯延巳三阕，见张惠言《词选》。从龚自珍的《己亥杂诗》注"我竟不知也"句，可以窥见他对常州词派的微词。

陈亮、龚自珍

龙虎文坛孰代雄？永康旗鼓满天东。

九京倘见明良论，身后龚生此恨同。

【注释】

龙虎——陈亮自赞辞有"人中之龙，文中之虎"句。 代雄——《淮南子》："文武代为雌雄，有时而用也。"

永康旗鼓——指陈亮议论。陈亮浙江永康人。

九京——即九原。《礼》："以从先大夫于九京也。" 明良论——龚自珍政论文章名，共四篇。金坛段玉裁评曰："四论皆古方也，而中今病，岂必别一新方哉？"此"九京"句谓陈亮死后倘能读到《明良论》。

龚生——指龚自珍。

【题解】

浙中词人具经制之才的，陈亮著《中兴论》之后，历六百馀年而有龚自珍的《明良论》。可惜这两位作家的最有战斗性的《中兴论》和《明良论》，都不曾见之实施。

陈　澧

> 万卷蟠胸一秃翁，江关兵火望中红。
>
> 罗浮海滋看奇彩，落落青天廿五峰。

【注释】

陈澧——清代学者、文学家，字兰甫，广东番禺人。道光举人，曾任河源县训导。通天文、地理、乐律、音韵、算术等学，也工诗词，有《忆江南馆词》。

一秃翁——指陈澧。

江关兵火——指晚清年间的鸦片战争。

罗浮——山名，在广州珠江口。

【题解】

陈澧的《忆江南馆词》中仅有廿五首词，而每首都是可入词选的精品。"落落青天廿五峰"句指此。

蒋春霖

兵间无路问吟窗，彩笔如椽手独扛。

常浙词流摩眼看，水云一派接长江。

【注释】

蒋春霖——清代词人，字鹿潭，江苏江阴人。曾为两淮盐官，权富安场大使。一生落拓，中年后专力于词。作品抑郁悲凉，多抒写身世之感。

兵间——指太平天国农民起义与清军镇压起义的战争。

吟窗——岑参诗："斜月隐吟窗。"

彩笔如椽——《晋书·王珣传》：梦人授大笔如椽，既觉，语人曰："此当有大手笔事。"

常浙词流——常州词派与浙江词派。　摩眼——拭目。

水云句——蒋春霖，江阴人，有《水云楼词》。江阴北临长江。

【题解】

清代词坛，大抵分常州词派与浙江词派。蒋春霖不傍常、浙门户，吴梅谓其"独以风雅为宗"。谭献谓其词与纳兰容若、项莲生"分鼎三足"。

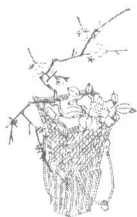

谭　献

万方一概晓笳声，语在修眉谁解听。

百阕从教追北宋，一竿自爱占西泠。

【注释】

谭献——清代词人，原名廷献，字仲修，号复堂，浙江杭州人。同治举人，曾官歙县知县。论词宗张惠言和周济。有《复堂词》。

万方句——杜甫闻笳诗："万方声一概，吾道竟何之。"

语在句——谭献《蝶恋花》词："语在修眉成在目。"

百阕——许多首词。　追——追求。

占西泠句——西泠桥在杭州西湖之西。此句谓谭献生长杭州。

【题解】

谭献生当同、光外患频仍之际，为学通古今治乱，喜谈天下得失。他的词委婉含蓄，如《蝶恋花》"语在修眉成在目，无端红泪双双落"，隐约透露不得意的哀愁。他幸而生在杭州，想他一竿在手，垂钓在烟水迷离的西泠桥畔，创作出几阕新词，上追北宋，这样也足以自慰吧?！

朱孝臧

论定彊村胜觉翁，晚年坡老识深衷。

一轮黯淡胡尘里，谁画虞渊落照红？

【注释】

朱孝臧——近代著名词人，原名祖谋，字古微，号沤尹，又号彊村，归安（今浙江湖州）人。光绪进士，官至礼部侍郎。有《彊村语业》。

彊村——朱孝臧号。　觉翁——吴文英号。

胡尘——指帝国主义侵略中国。

虞渊——日落处叫虞渊，见《淮南子》。这里指朱孝臧的词。

【题解】

朱孝臧词初学吴文英，以委婉绵密、音律和谐见长，实则青出于蓝而胜于蓝。晚年融苏轼豪放词风于委婉绵密之中，自成一家。虞渊落照句，谓他的词可以说是唐宋到近代数百年来万千词家的殿军。

况周颐

年年雁外梦山河，处处灯前感逝波。

会得相思能驻景，不辞双鬓为君皤。

【注释】

况周颐——近代词人，原名周仪，字夔笙，号蕙风，临桂（今广西桂林）人。光绪举人，官内阁中书。论词主"重、拙、大"，要求"情真景真"。所作词严守音律，情调抑郁。有《蕙风词》。

雁外梦山河——况周颐《满路花》词中句。

逝波——指流光。

相思能驻景——况周颐《定风波》词中句。

【题解】

况周颐《定风波》词结句云："为有相思能驻景，消领，逢春惆怅似当年。""相思能驻景"五字，可谓自古情词罕见之警句。此首诗前二句谓情能伤神，后二句反前意。

词坛新境

> 兰畹花间百辈词，千年流派我然疑。
>
> 吟坛拭目看新境，九域鸡声唱晓时。

【注释】

兰畹——词集名。参阅前辛弃疾首注。　花间——《花间集》。参阅前温庭筠首注。

然——赞同。　疑——怀疑。

雄鸡唱晓——毛主席《浣溪沙》词："一唱雄鸡天下白。"

【题解】

这首诗是论词绝句的结束语。回顾千百年来的词坛，有那么多的词家，有多种多样的流派，也有多种多样的选本。对于前人的词，我们要"批判地吸收其中一切有益的东西，作为我们从此时此地的人民生活中的文学艺术原料创造作品时候的借鉴"（《在延安文艺座谈会上的讲话》）。

外编

日本嵯峨天皇

櫻边觱篥迸风雷，一脉嵯峨孕霸才。

并世温馗应色喜，桃花泛鳜上蓬莱。

【注释】

嵯峨天皇——日本皇帝。是桓武天皇的次子。在位十四年（自大同四年〔八〇九〕至弘仁十四年〔八二三〕）。博学，对汉诗和书道有研究。

觱篥——吹奏乐器。本出龟兹，后传入中国。唐九部夷乐中用觱篥。宋以后皆因唐制。

嵯峨——指日本嵯峨天皇。

温馗——《北梦琐言》谓"温庭筠号温锺馗"。

桃花泛鳜——张志和《渔歌子》词有"桃花流水鳜鱼肥"句。

【题解】

日本词学，开始于嵯峨天皇弘仁十四年（八二三）《和张志和渔歌子》五首，一时宫廷贵族和者甚多，是为日本词学开山。上距张志和原作，仅后四十九年，迄今已有一千一百五十馀年了。其时温庭筠才十岁左右。

日本野村篁园

待缝白纻作春衫，要教家人学养蚕。

动我老饕横海兴，莼鲈秋讯似江南。

【注释】

野村篁园——名直温，字君玉。天保十四年（一八三四）殁，年六十九岁。著《篁园全集》二十卷，词二卷，名《秋篷笛谱》。

白纻——纻，麻属。古乐府《白纻歌》有"质如轻云色如银"句。

老饕——谓饕餮，恶兽名。后世亦谓贪嗜饮食之人曰饕餮。

莼鲈——《晋书·张翰传》载：张翰入洛，因见秋风起，乃思吴中菰菜莼羹鲈鱼脍，遂命驾而归。

【题解】

野村篁园词集中咏物之作甚多。咏食物有柑、笋、蚕豆、银鱼、蟹等，以姜白石、史梅溪刻画之笔，写江乡风味，令人有莼鲈之想。

日本森槐南

情天难补海难填，历劫沧桑哭杜鹃。

唤起龙神听拍曲，美人筝影倚青天。

【注释】

森槐南——名大来，字公泰，号槐南小史。其父森春涛，为明治时日本名诗人。槐南十五岁在《新诗文杂志》发表《南歌子·春夕》。黄遵宪《人境庐诗草·续怀人诗》中有注云："森槐南，鲁直（森春涛号）之子，年仅十六，兼工词，曾作《补天石传奇》示予，真东京才子也。"黄遵宪又为《补天石传奇》题词云："后有观风之使，采东瀛词者，必应为君首屈一指也。"槐南词集名《槐南集》。

情天难补句——森槐南有《补天石传奇》。

拍曲——度曲。歌者按拍以唱，故度曲亦曰拍曲。王建《宫词》："舞头当拍第三声。"

美人筝影句——森槐南《沁园春·上日漫填》词中句。

【题解】

森槐南有《补天石传奇》、《满江红·水天花月总沧桑图》。其《沁园春·上日漫填》结云："衮衮诸公，寥寥知己，敢道春光如线牵。非吾分，甚美人筝影，扶上青天。"末句颇奇。日人为苏、辛派词，当无出槐南右者。而其秾丽绵密之作，亦不在晏幾道、秦观之下。

日本高野竹隐

白须祠畔看眉弯，樊榭风徽梦寐间。
待挽二豪吹尺八，星空照影子陵滩。

【注释】

高野竹隐——竹隐，高野清雄别号。名古屋人。初为诗，学厉鹗。明治十六年（一八八三）秋，与森槐南订交，开始填词。效顾贞观寄吴兆骞体，以词代书，作《金缕曲》二阕寄赠槐南。此后二人酬唱甚多，成为明治中至大正初驰骋于日本词坛之两豪。

白须祠——高野竹隐《东风第一枝·和槐南》词："记美人多爱氋氋，系缆白须祠畔。"

樊榭——厉鹗号。

二豪——指森槐南与高野竹隐。 尺八——乐器名，亦称箫管、竖笛，因管长一尺八寸而得名。宋以后即不用。约在七至八世纪时传至日本。现日本有"普化尺八"。

子陵滩——在浙江桐庐县境，为东汉严子陵垂钓处。

【题解】

高野竹隐与森槐南齐名于明治年间之词坛。竹隐早年诗学厉鹗，词境亦相近。其和槐南《贺新凉》、《百字令》诸作，乃勉为奔放激烈，实非本色。其《东风第一枝·和槐南》有云：“记美人多爱鬈鬈，系缆白须祠畔。”风趣可想。其《声声慢·舟自七里滩至厚田》，有“滩名仿佛，七里空江”句，其地当在日本，而其词的风神，正无异于厉氏过泷滩的《百字令》。

日本森槐南、高野竹隐

槐南竹隐两吟翁，梦路何由到海东？
哦得玉池仙子句，白须祠畔泊青篷。

【注释】

玉池仙子——日本诗人永阪石棣寓所名"玉池仙馆"。森槐南、高野竹隐常集玉池仙馆为诗酒之会。"玉池仙子"，指石棣夫人。

白须祠——见前高野竹隐首注。　青篷——指小船。方夔诗："扁舟南下编青篷。"篷，编竹夹箬以覆舟者。

【题解】

森槐南《金缕曲·甲申六月中浣接高野竹隐书，赋此代简》之二上片云："我亦难忘者。是风流、玉池仙子，冶春诗社。点染断桥杨柳色，又早双鬟唱罢。好眉黛、青山如画。同调追随两三辈，让夫君、和出阳春寡。好传做、旗亭话。"高野竹隐《金缕曲·依槐南词宗见赠韵奉酬，兼寄怀石棣前辈》词上片："一事关心者。似悬旌、摇摇遥向，小湖吟社。还想鬘华开丈室，一十三行写罢。旖旎处、凌波如画。得意移将画眉笔，是仙郎、妙句和成寡。为文苑、传佳话。"所谓"旖旎处、凌波如画"和"好眉黛、青山如画"等句，当皆指"玉池仙子"其人。

朝鲜李齐贤

北行苏学本堂堂，天外峨嵋接太行。

谁画遗山扶一老？同浮鸭绿看金刚。

【注释】

李齐贤——字仲思，号益斋，高丽人。曾任西海道安廉使。二十八岁，为忠宣王所赏，侍从至北京。后数载又数往还。著《栎翁稗说》及诗歌乐府。朱孝臧《彊村丛书》载其《益斋长短句》一卷，凡五十四首。

北行苏学——见前"苏轼、蔡松年"首"坡翁"句注。

峨嵋——山名，在四川，此指苏轼，轼四川眉山人。 太行——山名，在山西，此指元好问，好问山西忻县人。

遗山——元好问号。 一老——指李齐贤。

鸭绿——鸭绿江。 金刚——朝鲜名山。

【题解】

益斋一生行历，约当我国元代的终始。两宋之际，苏学北行，金人词多学苏。元好问在金末，上承苏轼，其成就尤为突出。益斋翘企苏轼，其词如《念奴娇·过华阴》、《水调歌头·过大散关》、《望华山》，小令如《鹧鸪天·饮麦酒》、《蝶恋花·汉武帝茂陵》、《巫山一段云·北山烟雨》、《长湍石壁》等，皆有遗山风格。在朝鲜词人中，应推巨擘。

越南阮绵审

前身铁脚吟红萼，垂老蛾眉伴绿缸。

唤起玉田商梦境，深灯写泪欲枯江。

【注释】

阮绵审——（一八一九——一八七〇）明命皇阮福胆的第十子，曾封从善郡王。九岁开始写诗，曾随绍治皇巡视北方。著有《北行诗集》、《仓山诗钞》、《鼓枻词》。《鼓枻词跋》云："右《鼓枻词》一卷，越南白毫子著也。白毫子为越南王宗室，袭封从国公。名绵审，字仲渊，号椒园，眉间有白毫，因以自号。又著有《仓山诗钞》四卷，仓山其别业也。清咸丰四年三月，越南贡使进京，道过粤中，携有《仓山诗钞》及此词。时予舅祖善化梁萃畲先生适在粤督幕府，见而悦之，手抄全册存箧中，归即以赠先父敬镛公，以先父为其及门得意弟子也。予久欲为刊行未果。今幸沪上《词学季刊》社方搜采名家著述，公布于世，乃录副奉寄，藉彰幽隐。中华民国二十三年惊蛰日，攸县余德源陆亭跋，时年七十。"又《蕙风词话》卷五："庚寅，予客沪上，借得越南阮绵审《鼓枻词》一卷，短调清丽可诵，长调亦有气格……"
云云。

铁脚——《花史》："铁脚道人常嚼梅花满口，和雪咽之，曰：'吾欲寒香沁入肺腑。'" 红萼——指梅花。姜夔《暗香》咏梅词："红萼无言耿相忆。"

绿缸——指酒缸。白居易诗："绿蚁新醅酒，红泥小火炉。"绿蚁，谓酒面绿色泡沫。

玉田——张炎字。

【题解】

《鼓枻词》风格在姜夔、张炎间，写艳情不伤软媚。《疏帘淡月·梅花》云："板桥直待骑驴去，扶醉诵南华烂嚼。本来面目，君应知我，前身铁脚。"《小桃红·烛泪甫堂索赋》上下片结句云："想前身合是破肠花，酿多情来也。""纵君倾东海亦应干，奈孤檠永夜。"等等，皆堪玩味。

附 录

李清照词的艺术特色

一

李清照抒情词的内容，大半是她个人的生活情趣和身世感伤。抒情词在一千多年来的词坛上，已经有数不清的篇目；在这数不清的篇目里只有少数能传诵人口；而李清照的作品就占了它的一部分。

李清照词给人第一个印象是好懂——明白如话。李煜词最能抓住读者的是这点，李清照词也复如此。明白如话决不等于内容肤浅，只有用极寻常的语言而写出深刻的感情，才能使人一读即懂而百读不厌。当你读到"守着窗儿，独自怎生得黑？梧桐更兼细雨，到黄昏点点滴滴，这次第，怎一个'愁'字了得"，会不惊异地感到这些寻常语言而何以会成为这样不寻常的艺术吗？我们该怎样分析她这种艺术的成因呢？

李清照后半生遭乱丧夫之后的作品原是哀伤动人的，她在少女少妇时期也有好些幽怨之作。她生长于有文化教养的家庭，先世父祖都是"位下名高"的人物（见她上韩肖胄诗），又嫁给一位学问趣味相投的丈夫，她在这种生活环境中度过前半生，为什么还有像《临江仙》所说的"庭院深深深几许？云窗雾阁常扃。……谁怜憔悴更凋零"和像《点绛唇》所说的"寂寞深闺，柔肠一寸愁千缕"呢？我以为这并不完全是无病呻吟。我们知道，她不仅是一位有高度文化修养的女作家，而且有其突出的见解、不羁的性格。她的父亲李格非是著《礼记说》数十万言而又推重刘伶《酒德颂》的一位有个性的学者，这对她的思想性格很可能有影响。而北宋以来正是一班道学家变本加厉地提倡封建礼教以束缚女性的时代；在封建社会里，女子本来是被剥夺了受教育权的，李清照这位女作家却闯进了男人的文化禁地，而且在那里走到了一般男人所不曾到过的地方，还以她创作的才能来"压倒须眉"（清代李调元赞她的话）。她敢于说，敢于笑，敢于讥评有地位的男人。我们原不应过分夸奖她是什么觉醒女性、是敢于向封建礼教作反抗的女性，但是她的思想意识无疑是和当时一般恪守闺范的家庭妇女不同，也和一般大家世族的才媛不同。她是不平凡的女性，而却要在平凡的环境里平凡地打发日子，这"寂寞深闺""深深深几许"的"庭院"无疑会使她感到烦闷窒息。这是千百年来无数受束缚的女性的烦闷，也是封建时代要求过着正常人的生活的女性的普遍烦闷；李清照对这种生活有着特别深刻敏锐的感觉，但她还不能对它有所认识与了解，因此她感到的烦闷只能还是一种无名烦闷。她有时要"寻寻觅觅"，好像失掉了什么；有时"说不尽，无佳思"；有时"独抱浓愁无好梦"；这里面除了怀念丈夫的因素以外，整个看来，不正是她不安于窒息的精神状态的反映吗？

有时这种窒息的烦闷使她要求解脱，要求有广阔的精神境界，像她《渔家傲》所说：

> 天接云涛连晓雾，星河欲转千帆舞。仿佛梦魂归帝所，闻天语，殷勤问我归何处。　我报路长嗟日暮，学诗谩有惊人句。九万里风鹏正举，风休住，蓬舟吹取三山去！

这是一个处在封建社会里的妇女对自由的渴望，对光明的向往。但这种境界，在她当时也只是可望而不可即的海上三山。这沉重的心情表达在她的词里的，我们可以说她是无病呻吟么？从另一面看，这种心情表现于她的创作和行动的，是敢于写少女的爱情，"眼波才动被人猜"；敢于写夫妇的幽情，"今夜纱厨枕簟凉"；敢于讥笑有社会地位的男人，"'桂子飘香'张九成"；敢于尖锐地批判许多文坛老辈……这都是当时一般女性所不敢的。所以尽管她没有要冲决礼教的意识，但在当时男人们看来这些都是目无礼教的"越轨"

行为了。和她同时代的王灼作《碧鸡漫志》，斥责她："……闾巷荒淫之语，肆意落笔。自古缙绅之家能文妇女，未见如此无顾藉也！"这些斥责的话却正可见出她这些作品的敢想敢说的精神。

就李清照词的思想内容分析她明白如话这风格的成因：一、是由于她有其深沉的生活感受，所以不需要浮辞艳采；二、是由于她有坦率的情操，没有什么不可告人之隐，所以敢于直言无讳。

二

生活感情之外，我们还可就其文学理论探讨其作品风格的成因。

李清照有一篇词论保存在《苕溪渔隐丛话》和《诗人玉屑》（宽永本卷二十一）里，叙述她自己对词这种文学的见解，这本来是研究她的创作思想的重要文献。她这篇词论批评北宋词没有提到靖康乱后的词坛情况，在批评秦观时，还要求词须有"富贵态"，看来这该是她早期的作品；又，词论要求填词必须协五音六律，运用故实，又须文雅、典重，这和她后期的作品风格也不相符合；我认为她后期的流离生活已经使她的创作实践突破了她早期的理论。另外，她的词论里有一个主张，说"词别是一家"，就她整部词作来看，好像她对这个主张是始终坚持的；她主张词要跟诗划开疆界，作创作上的分工。这对于她的词的艺术特色关系很大，这里要对它作些分析。

词起源于民间小调，六朝民间小乐府是它的前身。到了晚唐五代，它落到封建文人之手，他们用齐梁宫体来填词，于是词便失掉了民间文学的本色。从前人都推尊温庭筠是词家始祖，其实他却是开始使词失掉民间文学本色的人。李清照是走和温庭筠相反的道路的。她虽然不见得能够认识民间词的价值，也不见得是有意学习民间词；但她的明白如话的词风，却自然走上和民间词很接近的道路。

我们知道，词是配合音乐的文学，是乐府、乐章；乐府、乐章的特色是：听得懂。它是用声音来表达情感的。作乐府、乐章而使人听不懂，需要文字来帮助，如今天戏院里演剧要放映字幕，那就失去乐府、乐章的本色了。

拿诗来作比，我们知道，在从前一些严格遵守旧体诗的作家来说，旧体诗里的绝句，跟古体律体有一点不同的要求，古体诗允许用僻字拗句，律诗允许用典故，但在绝句里都不许用。它只允许用习见的辞和字，用顺溜近于口语的句子。因为绝句在唐代是当作乐章唱的，要使人听得懂。后来的绝句大致还保持这种作风，认为这样才是它的"正格"。词里的小令跟绝句很相近。可是温庭筠的小令过分涂饰，有许多是不容易听懂的，这便不是民间乐府的本色了。由于他出身于没落贵族，依靠贵族过活，为宫廷豪门作酒边花间词，就把这种民间乐府带向"宫体"的邪径上去了。李清照词论里虽然没有指斥到温庭筠，但她说"自后郑、卫声炽，流靡烦变，有《菩萨蛮》、《更漏子》、《浣溪沙》、《梦江南》等词，不可遍举"，这里面也许就有温庭筠在内，《菩萨蛮》等等原是庭筠惯填的小调。这是一方面。

又，她的词论大胆地批判了晏殊、欧阳修、王安石、苏轼诸家，说："至晏元献、欧阳永叔、苏子瞻，学际天人，作为小歌词，直如酌蠡水于大海，然皆句读不葺之诗耳。……王介甫、曾子固文章似西汉，若作小歌词，则人必绝倒，不可读也。乃知词别是一家，知之者少。……"北宋人不满苏轼以诗为词，比为教坊雷大使舞，"虽极天下之工，要非本色"。李清照是赞成这派论调的。我们看苏轼，他不但以诗人句法入词，并且以学问和哲理入词。他的词有好些是运用佛家禅宗思想的，便是一例；他又大大地发展了词里的"檃括体"，把诗文檃括入乐曲里唱，有些便是听不懂的；像《戚氏》"玉龟山，东皇灵姥统群仙……"一首，檃括《山海经》、《穆天子传》便是。就发展词的角度看，这些词也有其一定的价值；若拿李清照"词别是一家"的标准来衡量，显然应在她所说"人必绝倒，不可读也"之列了。

清代人说诗，有"学人之诗"、"诗人之诗"的说法；这里若借用他们的话，可以说李清照是要把"诗人之词"、"学人之词"跟"词人之词"区别开来的。她的词论的开头，叙述一段唐开元、天宝间李八郎"转喉发声歌一曲，众皆泣下"的故事，这段故事跟下文似乎不大联接；后来我悟得，她是借这故事来说明词跟歌唱的密切关系，是拿它来总摄全文的。

温庭筠、苏轼诸家的词，一方面虽然巩固、发展了词的形式和内容，另一面却失掉了民间词听得懂的乐章的本色。李清照的词论原不曾明白要求词必须做到听得懂；她的词是为抒情作的，原不为合乐应歌而作。她的社会地位和温庭筠、柳永不同，创作动机也不同。她因为有其深刻的生活感受，因为敢于明白说，明白写，便做到了明白如话；虽然后来宋词风格的发展大大地超过了像李清照所说的，但她这种词风对宋词的发展，无疑是有其良好的影响的。

我们看，和李清照同时及其稍后，词坛上曾经起了一股逆流，那就是北宋末年大晟乐府的一批作家和南宋一批词人效法周邦彦的词风。宋徽宗君臣上下在民不聊生的年月里，还制礼作乐来粉饰"承平"；大晟乐府招集一批文士，"奉旨依月用律，月进一曲"（见《碧鸡漫志》），这些作品的内容自然是空虚的。但是当时传播四方，它的音律和辞藻对一般文人有相当大的影响。南宋方千里、杨泽民、陈允平三家都和过周邦彦的《清真集》，字字依周词填四声，弄得文理欠通，语意费解，像杨泽民的《丁香结》有"堪叹萍泛浪迹，是事无长寸"；方千里的《西河》有"比屋乐逢尧世，好相将载酒寻歌玄对"等等。这批词人的作品照文字尚且读不懂，哪里还能听得懂！李清照在这股逆流开始泛滥时做她明白如话的词，这也显出她坚持发扬词的健康传统的精神。

李清照这种"明白如话"的作品，有时读破万卷"学际天人"的人却不容易做得到。张端义《贵耳集》评她赋元宵的《永遇乐》，说它"皆以寻常语入音律；炼句工巧则易，平淡入调则难"。这是确当的评赞。但是我们读她的词论，却说词要典重、有故实……这可见她早年所做的工夫；后来经过乱离，才使她的作风起了转变。我们可以设想：这位原是"盐絮家风人所许"的大家闺秀，后来成"流离遂与流人伍"的难民，当她喘息稍定的时候来填词抒情，还可能有雕章饰句的心情吗？现实生活决定她的创作实践，这是我们可以完全理解的。

三

明白如话的文学语言之外，还要谈谈她的明白好懂的音律声调。乐章、乐府用声音表达情感，语言之外，还要注重声调。李清照词论说："盖诗分平仄，而歌词分五音，又分六律，又分清浊轻重。"这可见她重视音律、字声；但这是她早期的主张。我们知道，词分五音、六律、清浊、上去之说，大抵起于乐工，而严于文士；柳永、周邦彦诸家的作品和张炎《词源》、杨缵《作词五要》所说可见。在李清照词中却找不出她明显地这样做的例子，尤其是她晚期作品里。她不填僻调拗调，对习用的小令应该遵守的平仄，有时也不完全遵守。如《菩萨蛮》的上下片结句应作拗句"仄平平

仄平"，而她两首的两结作"梅花鬓上残"、"香消酒未消"，
"钗头人胜轻"、"西风留旧寒"，都不如此填。但她却有一
个特点，是多用双声叠韵字；举《声声慢》一首为例，用舌
声的共十五字：

> 淡　敌他　地　堆　独　得　桐　到　点点滴
> 滴　第　得

用齿声的四十二字：

> 寻寻　清清凄凄惨惨戚戚乍　时　最　将息三　盏
> 酒怎　正伤心　是　时相识　积　憔悴损　谁　守　窗
> 自怎生　细　这次　怎　愁字

全词九十七字，而这两声却多至五十七字，占半数以上；尤
其是末了几句："梧桐更兼细雨，到黄昏点点滴滴。这次第，
怎一个愁字了得！"二十多字里舌齿两声交加重叠，这应是
有意用啮齿丁宁的口吻，写自己忧郁懊恼的心情。不但读来
明白如话，听来也有明显的声调美，充分表现乐章的特色。
字声的阴阳清浊，是文人研究出来的东西，民间原不会了
解；双声叠韵却是民间语言里所习用的（六朝时民间语言多
用双声叠韵的例子，见《世说新语》诸书）。在诗歌里，从
《国风》到民间乐府用双声、叠韵的不少。本来作品里用双

声、叠韵过多的，若配搭不好，会成为"吃口令"，所以前人以多用双声、叠韵为戒；而我们读李清照这首词不仅全无吃口的感觉，她并且借它来增强作品表达感情的效果，这可见她艺术手法的高强，也可见她创作的大胆。宋人只惊奇它开头敢用十四个重叠字，还不曾注意到它全首声调的美妙。

南北宋之交是社会大变动的时期，也是词风大转变的时期；在李清照之前，词中已形成了婉约和豪放两派；婉约派从温、韦开始，经李煜、二晏、欧阳修和秦观，确立了一个传统。李清照的词也写了这些前辈词人写过的某些题材，继续发挥了婉约派特有的风格和手法；由于时代的动乱和个人生活大转变，她的词显然在内容上比前辈作家更丰富，情感也更深刻、沉重，她的成就是超过了二晏、欧阳修和秦观的。晏殊、欧阳修诸人假托"闺情"写他们士大夫的生活感情，毕竟不及这位女作家的自写闺情；秦观有些词"词语尘下"，并且颓废哀伤太甚，反不及这位女作家却有须眉气概。这也见出即使是描写离开时代和政治斗争较远的题材的婉约派，社会的变乱仍然对它发生了深刻的影响。李清照词就反映了婉约派在时代激流影响下的变化与发展。在婉约派这一词派中，她的词应该说是成就最高的，她是整个北宋词中婉约词派最恰当的代表人。这是这位女作家在词史上的地位。

李清照词的艺术特色不止"明白如话"这一点，我们原不应夸大这一点说成为她的整个文学风格；但是"明白如话"

却是她的词最显著突出的一点。她传诵的名作，不但合了卷子听得懂它的语言美，并且也听得懂它的声调美。她和当时形式主义的作家是取对立的态度的，这对宋词发展无疑有其良好的影响。这是她的作品在词史上的价值。

一九六一年五月二十日，写于北京民族饭店

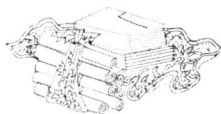

论陆游词

陆游词的成就不能和他的诗并称大家，这和辛弃疾的诗不能和他的词并称一样。前人评论陆游词的，明代杨慎说它"纤丽处似淮海，雄慨处似东坡"，毛晋添一句说"超爽处似稼轩"（毛刊《放翁词跋》），都还只是泛泛比较；清代刘熙载说它"乏超然之致，天然之韵，是以人得测其所至"（《艺概》二），似乎过贬；冯煦说，"剑南屏除纤艳，独往独来，其逋峭沉郁之概，求之有宋诸家，无可方比"（《宋六十家词选·例言》），又近于过誉；《四库提要》说陆游欲驿骑东坡、淮海之间，"故奄有其胜，而皆不能造其极"，则是较中肯之论。本文拟就陆游词各方面试作探讨，谈谈它的独到处。先从"诗馀"一辞谈起：

词名"诗馀"，起于南宋；后来有些词家不满意这个名称，说"古诗之于乐府，近体之于词，分镳并骋，非有先后；谓诗降为词，以词为诗之馀，殆非通论矣"（清代汪森作《词综序》）。这话就文学发展史来说，原有其相当正确的理由；但是就某些词家对词这种文学的态度来说，这个名称也反映了他们创作的实际情况。南宋初年胡寅题向子諲的《酒边词》说：

> 词曲者，古乐府之末造也……名之曰"曲"，以其曲尽人情耳。方之曲艺，犹不逮焉，其去《曲礼》则益远矣。然文章豪放之士鲜不寄意于此者，随亦自扫其迹，曰谑浪游戏而已。……

以"谑浪游戏""自扫其迹"，确是当时一般词人否定这种文学创作的自歉心理。由于词起于民间小调，由于它所配的音乐是"花间""酒边"的"宴乐"，加之柳永、曹组诸人之作，多用娼妓口吻写狎媟情事，在封建文人看来，这是有损于正统文学的尊严的。所以当时文人写这种文学的大都带些歉疚情绪；就今所知，南宋人词集以"诗馀"自名的，有林淳的《定斋诗馀》、廖行之的《省斋诗馀》等等（见《直斋书录解题》）。这里面有的是自谦，有的是自歉。

但是，以"馀"为名，不一定都是贬辞。韩愈说："馀事作诗人。"以"馀事"为诗，必其人有他的事业学问在诗之外，这只有大作家像屈原、杜甫辈足以当之。陆游《示子遹》诗云："子果欲学诗，工夫在诗外。"陆游一生，匡复志事，到老不衰，可谓不愧其言。说陆游之诗是他一生匡复志事之馀事，那么，他的词又该是他的诗的馀事；以"诗馀"称他的词，岂不是名副其实？这对作者来说，原是褒辞而并不是贬辞。

但是就陆游平生议论看来，他原是瞧不起这种文学的。他的文集里有几篇关于词的文字，一篇是自题《长短句序》：

> 雅正之乐微，乃有郑、卫之音；郑、卫虽变，然琴瑟笙磬犹在也；及变而为燕之筑，秦之缶，胡部之琵琶、箜篌，则又郑、卫之变矣。风、雅、颂之后为骚、为赋、为曲、为引、为行、为谣、为歌，千馀年后乃有倚声制辞起于唐之季世，则其变愈薄，可胜叹哉！予少时汩于世俗，颇有所为，晚而悔之；然渔歌菱唱，犹不能止，今绝笔已数年，念旧作终不可掩，因书其首，以识吾过。淳熙己酉炊熟日，放翁自序。（《渭南文集》十四）

这里他明显地说出他菲薄这种文学的看法，认为它在传统诗歌里是"变而愈薄"的东西；"晚而悔之"、"犹不能止"二语，也说出自己创作的矛盾心理。另两篇都是跋《花间集》的：

> 《花间集》皆唐末五代时人作，方斯时天下岌岌，生民救死不暇，士大夫乃流宕如此，可叹也哉！或者亦出于无聊故耶？笠泽翁书。（《渭南文集》三十）

这是对词的全面否定。第二篇说：

> 唐自大中后，诗家日趣浅薄，其间杰出者亦不复有前辈闳妙浑厚之作，久而自厌；然梏于俗尚，不能拔出。会有倚声作词者，本欲酒间易晓，颇摆落故态，适与六朝跌宕意气差近；此集所载是也。故历唐季五代，诗愈卑而倚声者辄简古可爱。盖天宝以后诗人，常恨文不逮，大中以后，诗衰而倚声作，使诸人以其所长格力施于所短，则后世孰得而议？笔墨驰骋则一，能此不能彼，未易以理推也。开禧元年十二月乙卯，务观东篱书。（同上）

这里一方面惋惜五代词人枉抛心力，一方面又叹佩他们的才力有不可及处。这是有贬有褒之辞。另有《跋后山居士长短句》一篇说：

> 唐末诗益卑，而乐府词高古工妙，庶几汉魏。陈无己诗妙天下，以其馀作辞（应是"词"之误），宜其工矣，顾乃不然，殆未易晓也。绍熙二年正月二十四日雪中试朱元亨笔，因书。（《渭南文集》二十八）

开头三句，拿汉魏乐府比唐末词，却是全面肯定语了。还有一篇《跋东坡七夕词后》说：

昔人作七夕诗，率不免有珠栊绮疏惜别之意；惟东坡此篇，居然是星汉上语。歌之曲终，觉天风海雨逼人。学诗者当以是求之。庆元元年元日，笠泽陆某书。（《渭南文集》二十八）

云"歌之曲终"，必是指词而非诗。案苏轼《东坡乐府》《鹊桥仙·七夕送陈令举》下片："客槎曾犯，银河波浪，尚带天风海雨。相逢一醉是前缘，风雨散飘然何处！"所谓"居然是星汉上语"，知此跋"天风海雨"云云，确是评此词。说"欲学诗者当以是求之"，这"诗"字若不是"词"字之误，那么，他似乎把词抬高到在诗之上了。总观这五篇题跋，他对词忽褒忽贬，似乎并无定见。五篇里有四篇是明记作年的，《长短句叙》淳熙己酉（一一八九）最早，《跋后山长短句》绍熙二年（一一九一）次之，《跋东坡七夕词》庆元元年（一一九五）又次之，《跋〈花间集〉》的第二篇开禧元年（一二〇五）最后。可见他对词的看法是逐渐由否定而趋向肯定。《跋〈花间集〉》的第二篇，大抵可以作为他最后定论。但是在这一篇文字里，他一面说五代"倚声者辄简古可爱"，一面又怪他们不能"以其所长格力（词）施于所短（诗）"，他意识里似乎仍是重诗轻词的，由他看来，词究竟不可能有和诗并列的地位。

以这种见解来创作，不可避免地会产生许多"轻心掉之"的率作。《放翁词》里就有好些这类作品：有的内容空虚，有的言辞拙僿，有的声情不相称。如《破阵子》看调名该是激扬蹈厉的，而他作"仕至千钟良易"、"看破空花尘世"两首，却全是消沉颓废语。

但是，这些在他的全集里究竟是"瑕不掩瑜"的东西。他以一位大诗家而作这种在他看来是"馀事"的小品文，在这些率作之外，也有决非一般作家所能及的好作品。苏轼论学所谓"厚积而薄发"，所谓"流于既溢之馀，而发于持满之末"（《稼说——送张琥》），这可以拿来评赞大作家的小品文，陆游的词也正如此。

庄子说过几个故事，《达生》篇里的痀偻承蜩："吾处身也若橛株拘，吾执臂也若槁木之枝。虽天地之大万物之多，而唯蜩翼之知。吾不反不侧，不以万物易蜩之翼，何为而不得？"《养生主》里的庖丁解牛："臣以神遇而不以目视，官知止而神欲行。""以无厚入有间，恢恢乎其于游刃必有馀地矣！"这原是专精独诣的境界，但是《徐无鬼》篇写郢人斲鼻："匠石运斤成风，听而斲之，尽垩而鼻不伤。"以巨匠良工而作业外馀技，又何尝不有其至美至乐之境！读陆游的许多好词，可作此体会。

陆游的诗，由江西派入而不由江西派出，精能圆熟，不为佶屈槎枒之态，他的词也同此风格，如《鹊桥仙·夜闻杜鹃》：

茅檐人静，蓬窗灯暗，春晚连江风雨。林莺巢燕总无声，但月夜常啼杜宇。　催成清泪，惊残孤梦，又拣深枝飞去。故山犹自不堪听，况半世飘然羁旅！

如《蝶恋花》：

水漾萍根风卷絮，倩笑娇颦，忍记逢迎处。只有梦魂能再遇，堪嗟梦不由人做！　梦若由人何处去？短帽轻衫，夜夜眉州路。不怕银釭深绣户，只愁风断青衣渡。

如《鹧鸪天》：

杖屦寻春苦未迟，洛城樱笋正当时。三千界外归初到，五百年前事总知。　吹玉笛，渡清伊。相逢休问姓名谁。小车处士深衣叟，曾是天津共赋诗。

如《鹊桥仙》：

华灯纵博，雕鞍驰射，谁记当年豪举。酒徒一半取封侯，独去作江边渔父。　轻舟八尺，低篷三扇，占断苹洲烟雨。镜湖元自属闲人，又何必官家赐与。

这些作品有的深远饶层次，有的轻情流利，宛转相生，而都字字句句"到口即消"，毫无艰难拮据之感。

以这种笔调写这些抒情小品，原是声情相称，是陆游词特色之一；但是陆游词中也还有好些表达其爱国思想、抒写一生不忘匡复志事的名篇。这类词出于他手，也仍然是举重若轻，神完气定，如《蝶恋花》：

> 桐叶晨飘蛩夜语，旅思秋光，黯黯长安路。忽记横戈盘马处，散关清渭应如故。　江海轻舟今已具，一卷兵书，叹息无人付。早信此生终不遇，当年悔草《长杨赋》！

如《谢池春》：

> 壮岁从戎，曾是气吞残虏。阵云高，狼烟夜举。朱颜青鬓，拥雕戈西戍。笑儒冠自来多误。　功名梦断，却泛扁舟吴楚。漫悲歌，伤怀吊古。烟波无际，望秦关何处？叹流年又成虚度！

《诉衷情》：

> 当年万里觅封侯，匹马戍梁州。关河梦断何处？尘暗旧貂裘。　胡未灭，鬓先秋，泪空流。此生谁料，心在天山，身老沧洲！

前调：

> 青衫初入九重城，结友尽豪英。蜡封夜半传檄，驰骑谕幽并。　　时易失，志难成，鬓丝生。平章风月，弹压江山，别是功名！

这几首都是寄寓乾道八年（一一七二）在汉中王炎幕府图谋恢复不成的慨叹。汉中军幕的一段生活，影响他一生的思想和创作，直到晚年，他还是不能去怀。他用多种手法在词里表达这种怀念心情；前举四首是正面写，也有以梦境写的，如《夜游宫·记梦寄师伯浑》：

> 雪晓清笳乱起，梦游处不知何地。铁骑无声望似水。想关河，雁门西，青海际。　　睡觉寒灯里，漏声断月斜窗纸。自许封侯在万里。有谁知，鬓虽残，心未死！

他诗集里也有不少"纪梦"的篇章，这些"纪梦"其实就是"述怀"。也有寄托为闺情宫怨之辞，如《清商怨》：

> 江头日暮痛饮，乍雪晴犹凛。山驿凄凉，灯昏人独寝。　　鸳机新寄断锦，叹往事不堪重省。梦破南楼，绿云堆一枕。

这词题"葭萌驿作"。葭萌驿在四川昭化县之南，是他离开南郑（汉中）回成都之作。他这次从南郑回成都是带家眷同行的，可知这词下片所谓"鸳机断锦"云云，实是假托闺情写他自己的政治心情的，因为那时王炎南郑幕府解散，政府已经全盘打消恢复大计了。另一首《夜游宫·宫词》可证，《夜游宫》以女性口吻自诉哀怨：

> 独夜寒侵翠被，奈幽梦不成还起。欲写新愁泪溅纸。忆承恩，叹馀生，今至此！　　薿薿灯花坠，问此际报人何事？咫尺长门过万里。恨君心，似危栏，难久倚！

结句九字，是暗指宋孝宗抗战主张动摇不定。当乾道五年（一一六九）三月，王炎除四川宣抚使，出发入川时，孝宗面谕布置北伐工作，似乎热情很高；但是到了乾道八年九月，整个国策起了变化，王炎便被调入京为枢密使，次年正月，又罢枢密使提举临安府洞霄宫。陆游这首词自悼壮志不酬，也是慨叹王炎的君臣遇合不终。乾道九年（一一七三），他在嘉州作《长门怨》诗云："早知获谴速，悔不承恩迟。"又作《长信宫词》云："忆年十七兮初入未央，获侍步辇兮恭承宠光。地寒祚薄兮自贻不祥，谗言乘之兮罪衅日彰……"（《剑南诗稿》四）都和这首词同其寓意。

陆游这些词，比之两宋诸大家：姿态横生，层见间出，不及苏轼；磊块幽折，沉郁凄怆，不及贺铸；纵横驰骤，大声镗鞳，也不及辛弃疾；但是他写这种寤寐不忘中原的大感慨，不必号呼叫嚣为剑拔弩张之态，称心而言，自然深至动人，在诸家之外，却自有其特色。

固然，他的词有朴僿质直、声情不称的，也有萧飒衰颓、道人隐士气息很浓重的，这些都是他的缺点。还有，当他在南郑军幕计划北伐的时候和后来回忆这段军幕生活的时候，都写了许多意气昂扬的诗篇；像"会看金鼓从天下，却用关中作本根"（《南山行》）、"楚虽三户能亡秦，岂有堂堂中国空无人"（《金错刀行》）等等都是；但是这类句子从来不曾出现于他的词集里；他在词里表达这种爱国思想的，只有"元知造物心肠别，老却英雄似等闲"（《鹧鸪天》）和"此生谁料，心在天山，身老沧洲"（《诉衷情》）一类消沉的喟叹。《秋波媚·七月十六日晚登高兴亭望长安南山》一首，算是他写南郑军中生活心情的仅见词篇：

> 秋到边城角声哀，烽火照高台。悲歌击筑，凭高酹酒，此兴悠哉！　　多情谁似南山月，特地暮云开。灞桥烟柳，曲江池馆，应待人来！

也并无激昂发奋的气概。大抵他认为词更适宜于写低摧幽怨的感情，发扬蹈厉的只能入诗而不宜入词；这可见他对词和诗这两种文学的看法，即使在同写这类国家民族大感慨时，也仍有其轻重轩轾之分。这种看法无疑会局限他的词的思想内容。

但是这种缺点，两宋词家也多不免，最明显的例证是李清照，我们不必以此苛求陆游。我对陆游词总的看法是：他是以作诗的馀事来作词的，论创作态度，他原不及他的朋友辛弃疾那样倾以全副精力；但是他以这种"馀事"的文学写闲情幽怨之外，有时也拿它来写十分正经十分沉重的心情。在他几首不朽的忧国词篇里，他并没有矜气作色，而只是用寻常謦欬的声息，道出他"一饭不忘、没齿不二"的匡复心事，益见其真情挚意，沉痛动人，这可以说是陆游词突出的风格。

他所以有这样成就，大抵有两种因素：一由于词体本身的发展；从五代、北宋以来，经过百馀年的演进，词坛上出现过范仲淹、苏轼以及张元幹诸作家，在这种文学里，或多或少反映了他们各时代的社会现实、民族矛盾；到了辛弃疾更达到这类作品的高峰，这许多作家的精神和作品自然会影响陆游的词。另一因素是陆游诗的思想内容和工力；关于他作诗的工力，赵翼《瓯北诗话》卷六有论陆诗重锻炼一段说："或者以其平易近人，疑其少炼；抑知所谓炼者，不在乎奇险诘曲，惊人耳目；而在乎言简意深，一语胜人千百，此真炼也。放翁工夫精到，出语自然老洁，他人数言不能了者，只在一二语了之，此其炼在句前，不在句下，观者并不见其炼之迹，乃真炼之至矣。……"词体短小，不得着长言冗语，陆诗这种锻炼工力对他的词所起的作用是很大的。这就炼辞一面说。古代文论家尤重炼气，方东树却就此对陆诗提出指摘："放翁独得坡公豪隽之一体耳，其作意处，尤多客气；如《醉后草书歌》、《梦招降诸城》、《大雪歌》等，开后来俗士虚浮一派，不可不辨。"（评姚范《援鹑堂笔记》四十）。说他"多客气"，虽是过辞，但是"开后来虚浮一派"，也确是陆诗的流弊。虽然这是学者之过，不能归咎于陆游。刘克庄推陆游诗"力量足以驱使，才思足以发越，气魄足以陵暴"（《后村诗话》），因此也时有矜气作色之处；所以姚范也说："放翁兴会飙举，词气踔厉，使人读之，发扬矜奋，起痿兴痹矣，然苍黯蕴蓄之风盖微；所谓无意为文而意已独至者，尚有待欤？"（《援鹑堂笔记》四十）这可说是公允之论。但是当陆游以他作诗的工力来作"诗馀"时，便自在游行，有"运斤成风"之乐。这犹之大书家倾其一生精力临摹金石、篆、隶，偶然画几笔写意花草，却更见精力充沛。艺术的境界，有时原不能专以力取，却于"馀事"中偶得之。陆游的词，可说确能到此境地。

刘熙载《艺概》卷二说："东坡、放翁两家诗，皆有豪有旷。但放翁是有意要做诗人；东坡虽为诗，而仍有夷然不屑之意，所以尤高。"这几句苏、陆优劣论，是否正确，姑且不谈。陆游"有意做诗人"，何可非议？黄景仁吊杜甫墓云："埋才当乱世，并力作诗人。"下句正写出杜甫的伟大。但是，若以"夷然不屑，所以尤高"八个字评陆游的词，我以为却很恰当。"夷然不屑"不是就内容说，而是说他不欲以词人自限，所以能高出于一般词人。陆游的《文章》诗里有两句传诵的名句：

文章本天成，妙手偶得之。

这十个字可以评赞一切大作家的小品文。必先有工力深湛、规矩从心的"妙"手，才会有不假思索的"偶"得。这来自学力、才气的交相融会。两宋以来一切大文豪大作家如苏轼、辛弃疾、陈亮诸人的"诗馀"、"语业"，大都如此，《放翁词》的许多名作，也复如此。

一九六三年三月，杭州

〔后记〕陆游家世好道家之说，他的词集里有咏游仙多首，虚无主义思想很浓重，是陆游词的糟粕。我近写《诗馀论》，已涉论及此，这里不提它了。一九六五年一月记。

姜夔的词风

姜夔号白石道人，鄱阳人。父噩，任湖北汉阳县知县，白石幼年随宦，往来汉阳二十来年。在湖南遇见福建老诗人萧德藻（号千岩），德藻赏识他的诗，把侄女嫁给他，带他寓居浙江湖州。因此，白石三四十岁以后便长住杭州。宋宁宗庆元三年（一一九七），他作《大乐议》及《琴瑟考古图》上政府，五年，又上《圣宋铙歌》十二章，得到"免解"的待遇，与试进士，但仍不及第。宁宗嘉定年间（一二二〇左右）卒于杭州，年六十馀岁。在南宋作家里，他比陆游、范成大、杨万里、尤袤少三十来岁，比辛弃疾少十来岁，与叶适、刘过诸人同年辈。

白石一生不曾仕宦，除了卖字之外，大都是依靠他人的周济过活的。他的友人陈造有诗赠他说："姜郎未仕不求田，依赖生涯九万笺；稇载珠玑肯分我？北关当有合肥船。"又说："念君聚百指，一饱仰台馈。"他所依靠的人：在湖南、湖州是萧德藻；来往苏州时，是名诗人范成大；相依最久的是寓居杭州时的张鉴。平甫张鉴是南宋大将张俊的后裔，有庄园在无锡，曾经要割赠良田供养白石，这是白石四五十岁时候的事情。

南宋中叶是江湖游士很盛的时代。他们拿文字作干谒的工具，如宋谦父一见贾似道，得楮币二十万，造起阔房子（见方回《瀛奎律髓》）。因此有许多落魄文人依靠做游士过活，白石就是其中之一。不过，他并不是像宋谦父那样一流人。

白石一生经历南宋高、孝、光、宁四个朝代，在他二十至五十岁那一阶段，正是宋金讲和的时候，偏安小朝廷在这三十年"承平"日子里，朝野荒嬉，置恢复大业于度外。白石二三十岁时数度客游扬州、合肥等处，江、淮之间在那时已是边区，符离战役之后，这一带地方生产凋敝，风物荒凉，曾经引起这位少年诗人"徘徊望神州，沉叹英雄寡"（《昔游诗》）的感慨，《扬州慢》、《凄凉犯》一类词也颇有"禾黍之悲"（《扬州慢》词序）。但三四十岁南归之后，他的行迹便不出太湖流域附近了。他所经常往来的苏、杭范成大、张鉴两家，都有园林之胜、声妓之娱。绍熙二年（一一九一）他从合肥归访成大，在他家里赏雪看梅，制成《暗香》、《疏影》两首自度曲，成大赠他一个歌妓；绍熙五年（一一九四）张鉴带一队穿柳黄色的家妓同他观梅于西湖孤山，他作一首《莺声绕红楼》词，和国工吹笛。在这种生活环境里，他长久地脱离现实，从而决定了他的作品不可能有丰富的现实意义，只会走上研辞练句、选声揣色的道路，这便是北宋末年周邦彦的道路。

白石存词共有八十多首，依它的内容来分：感慨时事、抒写身世之感的像《扬州慢》、《玲珑四犯》等有十四五首；山水纪游、节序咏怀的像《点绛唇》、《鹧鸪天》等；交游酬赠的像《石湖仙》、《蓦山溪》等各有十三四首；怀念合肥妓女的却有十八九首（白石二十多岁在合肥恋一琵琶妓，别后二十多年，仍是怀念不忘。详见拙作《白石行实考》）；其馀二三十首都是咏物之作（其中咏梅花的有十七首），算是他作品中分量最多的一类。比白石年辈稍后的如高观国、史达祖和后来的周密诸人，各爱好姜词，也各以咏物擅场。又白石咏梅有"昭君不惯胡沙远，但暗忆江南江北"之句，咏蟋蟀有"候馆迎秋，离宫吊月，别有伤心无数"之句，宋末遗民也便多用咏物词寄托故国沧桑之感（不满民族压迫，而又不敢正视现实，这是他们的阶级意识）。白石这派词也就因此而广泛地被传诵仿效起来，它的影响一直下逮六七百年的清代浙派词。朱彝尊说"词至南宋始极其工，姜尧章氏最为杰出"（朱氏《词综发凡》），又说"词莫善于姜夔"（《黑蝶斋诗馀序》），于是造成清代初年"家白石而户玉田张炎"的风气。我们看清代几百年之中，白石词集的刻本写本多至三四十种，算是唐宋人词集版本最多的一家，这可见当时学习姜词的盛况。白石词所以会有这么大的影响，它的主要原因，是由于各个时期里和他同类型的封建文人特别多。他们都依据自己的思想感情有选择地来学习、摹仿姜词。其次，由于姜词在艺术技巧上有其独特的成就，可以为后来者借鉴以抒写和他同类型的思想感情。所以我们论词史，不能忽视他对后来的消极影响，在分析他的思想感情之外，还须对他的艺术造就作较全面的研究。

白石作品，在文学史上的评价是词比诗高。我现在论他的词，可先从他的诗说起。我以为若了解他的诗风转变的经过，是会更容易了解他的词的造就的。

白石少年就有诗名，二十多岁时，萧德藻介绍他去见诗坛老宿杨万里。万里期望他作"尤袤萧德藻范成大陆游四诗翁"的后起。白石是江西人，对当时盛行的江西派诗，曾下过一番工夫，但后来对江西派的看法有了转变。四十多岁时，过无锡访老诗人尤袤，尤袤问他作诗学哪一家，他答："三熏三沐师黄太史氏黄庭坚；居数年，一语噤不敢吐，始悟学即病，顾不若无所学之为得，虽黄诗亦偃然高阁矣。"（《诗集自叙》）晚年写定诗集时，自叙心得说："作诗求与古人合，不若求与古人异；求与古人异，不若不求与古人合而不能不合，不求与古人异而不能不异。"（同上）也是指学黄诗而言的。

白石早年从黄诗入手，中年要摆脱黄诗，自求独造，提出苏轼所说"不能不为"一句话作为写诗的最高境地。这个转变固然由于他多年创作的体验，也和那时文坛的整个趋势有关。在北宋末叶风靡一时的江西派诗，到了白石那时，已经流弊丛生，招致了很多人的不满。尤袤对白石评论萧、杨、范、陆四家诗说："是皆自出机轴，亶有可观者，又奚以江西为？"（同上）杨万里也时常有类似的话（见他的《荆溪集自序》等文）；叶适攻击江西更甚于其他诸人（见其所作《徐斯远文集序》）；三家都是白石的长辈交游，自然会影响他对黄诗的看法。

南宋诗人要修改江西派的，大都主张上窥唐诗。杨万里自序《荆溪集》和他所作《双桂老人诗集后序》，都有此主张。白石作《自述》，说"内翰梁公爱其诗似唐人"，今观白石的近体诗，尤其是绝句，很明显是从江西派里出来走向唐人的。白石诗里时常提起晚唐诗人自号天随子的陆龟蒙：

诗集下《除夜自石湖归苕溪》："三生定是陆天随，又向吴松作客归。"

又《三高祠》："沉思只羡天随子，蓑笠寒江过一生。"

词集三《点绛唇·丁未过吴松作》："第四桥边，拟共天随住。"

淳熙十四年（一一八七），白石以萧德藻的介绍，见万里于杭州，那时他约三十三四岁。后来作《自述》，记万里称赞他："文无所不工，甚似陆天随。"大概就在这个时候。

陆龟蒙的诗在从前不大有人表章过，第一个激赏他的是杨万里。我们看万里读《笠泽丛书》（龟蒙诗文集）三绝句：

笠泽诗名千载香，一回一读断人肠。晚唐异味同谁赏，近日诗人轻晚唐。

松江县尹送图经，中有唐诗喜不胜。看到灯青仍火冷，双眸如割脚如冰。

拈着唐诗废晚餐，旁人笑我病如癫。世间尤物言西子，西子何曾直一钱。

这真可说是"赞不容口"了。这三首诗是万里淳熙年间在杭州写的（编在《朝天续集》第二十九卷），正是他初识白石的时候。我们因此知道：万里所以拿龟蒙比白石，由于他自己那时正激赏龟蒙诗，这和他要以唐诗修正江西派这个主张是有关系的。白石此后有一些作品，好像是有意学龟蒙的。绍熙二年（一一九一）——识万里后的第四年——作《除夜自石湖归苕溪》十首寄万里，万里回信称赞它说："十诗有裁云缝雾之妙思，敲金戛玉之奇声。"那就是很像龟蒙的绝句诗。他如《湖上寓居杂咏》十四首，颇近龟蒙的《自遣》诗三十绝；《昔游》诗里写洞庭湖的五古，也像龟蒙和皮日休的三十首《太湖》诗。

白石四十多岁还考不上进士，一生飘泊江湖。龟蒙也终老布衣，自号"江湖散人"。二人身世遭际颇相似，其脱离现实的生活也很相似。龟蒙所隐居的吴江，又是白石来往苏、杭屡经之地。有此生活因素，加之杨万里对他的嘉奖，和当时由江西派上窥唐诗的文学趋势，于是形成了白石的诗风：饶有缥渺风神而缺少现实内容。

我在这里详述白石的诗风，目的是为便于下文说他的词风。词是他全部创作里主要的部分，我们要更仔细地来分析它。

我们说，白石的诗风是从江西派走向晚唐的，他的词正复相似，也是出入于江西和晚唐的，是要用江西派诗来匡救晚唐温庭筠韦庄以及北宋柳永周邦彦的词风的。

白石词和周邦彦并称"周姜"。邦彦词上承温、韦、柳、秦，这派词到了白石那时，大都软媚无力，恰好和那槎枒干枯的江西末流诗作对照。指出江西派的流弊，拿晚唐诗来修改它的是杨万里；拿江西诗风入词的是姜白石。

当时人不满江西派诗，并不是否定了黄庭坚陈师道、与义诸作家，只是不满学错了黄、陈诗的人们，不满他们只会摹拟黄、陈的外表。当时江西作家吕本中与曾茶山论诗书也说：江西学者"失山谷之旨"。杨万里对学者说学江西之法，以调味为比："酸咸异和，山海异珍，而调腼之妙出乎一手也；似与不似，求之可也，遗之亦可也。"（《江西宗派诗序》）又以饮茶为比："至于茶也，人病其苦也，然苦味未既而不胜其甘，……《三百篇》之后，此味绝矣，惟晚唐诸子差近之。"（《刘良佐诗稿序》）他要体味江西和晚唐的嘘息相通的消息，调腼晚唐诸子和黄、陈诸家为一体。杨万里所希望在诗里达到的境地，姜白石却在他的词里达到了。试举一端作例：

晚唐以来温、韦一派词，内容十之八九是宫体和恋情，它的色泽格调是绮丽婉弱的，不如此便被视为"别调"。这风气牢笼几百年，两宋名家，只有少数例外。白石写了不少合肥恋情词，却运用比较清刚的笔调，像：

> 淮南皓月冷千山，冥冥归去无人管。（《踏莎行》）
>
> 金陵路，莺吟燕舞，算潮水知人最苦。满汀芳草不成归，日暮，更移舟向甚处？（《杏花天影》）
>
> 阅人多矣，谁得似长亭树；树若有情时，不会得青青如此！（《长亭怨慢》）
>
> 旧游在否，想如今翠凋红落。漫写羊裙，等新雁来时系着。怕匆匆不肯寄与，误后约。（《凄凉犯》）

这些词用健笔写柔情，正是合江西派的黄、陈诗和温、韦词为一体。沈义父作《乐府指迷》，评白石"清劲知音，亦未免有生硬处"，以"生硬"不满白石，就由于他以温、韦、柳、周的尺度衡量白石，并且不了解白石词与江西诗的关系。

又，五代北宋人多以中晚唐诗的辞汇入词，贺铸所谓"笔端驱使李贺李商隐"。北宋末年周邦彦多用六朝小赋和盛唐诗，渐有变化，但还是因多创少。只有白石用辞多是自创自铸，如"数峰清苦，商略黄昏雨"、"冷香飞上诗句"等，意境格局和北宋词人不同，分明也出于江西诗法。白石一方面用晚唐诗修改江西派，另一方面又用江西诗修改晚唐北宋词。以修辞一端来说：他从用唐诗成语辞汇走向用宋诗的造句铸辞，也是他的词风特征之一。

关于白石的词风，南宋末年张炎著《词源》，拈出"清空"两字作为它的总评，并且为它下一个比喻："野云孤飞，去留无迹。"这对后来评判白石词影响很大。我在这里提出一些不同的看法。张炎说：

> 词要清空，不要质实；清空则古雅峭拔，质实则凝涩晦昧。姜白石词如野云孤飞，去留无迹；吴梦窗词如七宝楼台，眩人眼目，碎拆下来，不成片段：此清空、质实之说。……白石词如《疏影》、《暗香》、《扬州慢》、《一萼红》、《琵琶仙》、《探春》、《八归》、《淡黄柳》等曲，不惟清空，又且骚雅，读之使人神观飞越。

张炎拿"质实"和"清空"作对比，并用"古雅峭拔"四个字来解释"清空"，其实这只是张炎自己作词的标准，是他自己"一生受用"的话头，（张炎的学生陆辅之著《词旨》，述张炎的话："'清空'二字，亦一生受用不尽。"）是不能概括白石词风的。白石没有留下论词的著作，但是他所著的《诗说》却也可作他的词论读（清代谢章铤《赌棋山庄词话》已有此说法）。《诗说》里主张：诗要"有气象、韵度"，要"沉着痛快"，要"深远清苦"，我们若拿这些标准来读白石词，都有可以相通之处。又我们读他的《庆宫春》"双桨莼波，一蓑松雨"，《满江红》"仙姥来时，正一望千顷翠澜"，《念奴娇》"闹红一舸，记来时尝与鸳鸯为侣"，《琶琶仙》"双桨来时，有人似旧曲桃根桃叶"诸首，知道它既不是温、韦一派，而又与苏、辛不同，也明显地可以看出，它原不像沈义父所说的"生硬"，也决不是张炎的"清空"说所能包括。

五代北宋的婉约一派词，到了南宋的吴文英，渐由密丽而流为晦涩。张炎由于不满文英而服膺白石，所以拈出"清空"二字作为作词的最高标准，这本来是他补偏救弊的说法。但是如果以为这二字可概括白石词风，那就偏而不全了。

清代从朱彝尊以后，有人甚至推尊白石词是"《三百篇》之苗裔"（王昶《春融堂集》），"犹诗家之有杜少陵"（宋翔凤《乐府馀论》），那是完全不符实际的过誉。我们看北宋末年爆发了尖锐的民族矛盾，词坛上陆续出现了许多进步作家和许多反映这个动乱时代现实的作品。苏、辛一派词，于是声光大耀。作家的生活遭遇各不相同，我们原不应对他们作一致的要求。但文学作品反映现实程度的深浅广狭，是估定这作家成就高下的主要标准。若以这点意义论，白石词无疑是远逊辛弃疾的。这由于他对生活、对政治的态度和辛弃疾一班人有很大的距离，他一生从来没有要求自己施展其才力以改变当时的现实。他的《扬州慢》、《凄凉犯》各词，虽然对现实有一定程度的反映，但所反映的不是当时社会现实的主流；它的绝大部分只是用洗炼的语言、低沉的声调来写他冷僻幽独的个人心情：

> 高树晚蝉，说西风消息。(《惜红衣》)
> 西窗又吹暗雨，为谁频断续，相和砧杵。(《齐天乐》)

这是他被传诵的名句，也就是代表他的作品风格和生活心情的名句。

宋室南渡的时候，北方贵族官僚避乱到江南的，大都没有劳动谋生的能力，在仕途上没出路的，便以"道人""雅士"的态度寄生游食；他们的遭遇和生活很近似于南北朝时代的南渡士流；颜之推《家训》所斥责的不事生产、不懂吏治的游惰文人，正是南宋江湖游士的前身。白石《自述》：范成大称赞他"翰墨人品皆似晋、宋之雅士"，恰可说明这点。在他们队伍里虽然也偶有些人敢于揭发现实的丑恶，使权贵们视为"口吻可畏"，但"道人""雅士"的姜白石却不属于这一流。这种逃避现实的态度表现在文学上，自然只会写"晋宋雅士"那套放怀山水、怡情歌酒的作品。宋词在从苏轼到辛弃疾这一阶段中，出现了许多正视现实的作家，把词从温、韦的末流颓风里，从脂粉气和笙箫细响中，提向有阳光有鞳鞳笳鼓声的境界。但是到了白石，又逐渐走向下坡，变成为西风残蝉、暗雨冷蛩的气息。由于这个文学倾向的发展，也由于南宋末年士气的颓落，到了王沂孙、张炎诸人的作品里，便只有像萤火、孤雁那样的光焰和声调，白石这一派词也就自然走向没落之途了（王有咏萤词，张有孤雁词）。

末了，谈谈白石词的乐律：

白石不但是诗家、词家、书法家，又是南宋著名的音乐家。我们研究他的词，不可不注意它的音乐性。因为在南宋词里，音乐性是他的词的特征之一。

白石集里今存有十七首自注工尺旁谱的词，这是七八百年前流传下来的唯一的宋代词乐文献，它在我国音乐史上有重大的价值。我们要研究他的词乐，须先了解他选调制腔的几种方法：

一种是截取唐代法曲、大曲的一部分而成的，像他的《霓裳中序第一》，就是截取法曲商调《霓裳》的中序第一段；

一种是取各宫调之律，合成一只宫商相犯的曲子，叫做"犯调"，像《凄凉犯》；

一种是从当时乐工演奏的曲子里译出谱来，像《醉吟商小品》，是他从金陵琵琶工求得品弦法译成的；

一种是改变旧谱的声韵来制新腔，像平韵《满江红》，是因为旧调押仄韵不协律，故改作平韵。《征招》是因为北宋大晟府的旧曲音节驳杂，故用正宫《齐天乐》足成新曲；

一种是他人作谱他来填词的，像《玉梅令》本范成大家所制。

以上五种方法，都是先有谱而后有词的；其另一种则是白石自己创制新谱，是先成文辞而后制谱的，就是他词集里的"自度曲"、"自制曲"。他在自制曲《长亭怨慢》小序里说：

> 予颇喜自制曲，初率意为长短句，然后协以律，故前后阕多不同。

他的"自制曲"、"自度曲"二卷，共有《扬州慢》、《长亭怨慢》、《淡黄柳》、《石湖仙》等十二首，都是他自制的新腔。他说"初率意为长短句"、"前后阕多不同"，可见他这些词是以内容情感为主，和其他词人依调死填，因乐造文，因文造情者不同。所以我们读他的词，大都舒卷自如，如所欲言，没有受音乐牵制的痕迹；像前文引过的《长亭怨慢》上片：

> 阅人多矣，谁得似长亭树；树若有情时，不会得青青如此！

同词过变：

> 日暮。望高城不见，只见乱山无数。韦郎去也，怎

忘得玉环分付："第一是早早归来，怕红萼无人为主！"

在这短短的几行里，就用了许多虚字和领头短句，像"矣"、"若"、"也"和"只见"、"谁得似"、"不会得"、"怎忘得"、"第一是"等，这也是他和按谱填词者不同之处，所以能做到婉转相生的地步。

这里牵涉到一个问题：白石这类先"率意为长短句"的词，是否也严辨文字的四声和阴阳上去？换句话说，就是他的词的音乐声调和文字声调的契合程度究竟怎样？我们知道，从温庭筠到柳永、周邦彦诸人填词，已逐渐严分字声。白石是精于乐律的作家，他究竟怎样对待词里字声的问题呢？

我们看他的《满江红》小序：

> 《满江红》旧调用仄韵，多不协律，如末句云"无心扑"三字，歌者将"心"字融入去声，方谐音律。予欲以平韵为之，久不能成。……

后来他把它改押平韵，"末句云'闻佩环'，则协律矣"。为了一个字的平声去声之异，改动全首的韵脚，他无疑是十分重视字声的。但是我们细检他的自度各曲，又不完全如此，举《秋宵吟》、《疏影》、《翠楼吟》三首为例：

《秋宵吟》是"双拽头"体，全词三段，前面两小段的字句完全相对（现存的白石歌曲各刻本，都误合前面两小段为一段），旁谱工尺也完全相对；但按其四声，除两结"箭壶催晓"、"暮帆烟草"二句外，其馀不尽相同。

《疏影》和《翠楼吟》，在自度曲中是上下片相对句子最多的两首（《疏影》一首，上片"枝上"以下，和下片"飞近"以下，字句全同；《翠楼吟》一首，上片"汉酺"以下，和下片"与君"以下，也完全相同），而四声相同的只有少数字句。《疏影》上片"无言自倚"是平平仄仄，对下片"早与安排"，是仄仄平平，平仄且不相同。

由此可见白石词的字声，有守有不守，因为他深明乐律，所以能辨识其必须守的和可守可不守的地方（元人说曲里的"务头"，一支曲里须严守阴阳四声的，只有少数的字句；宋词音律大抵也是如此）。有人也许以为他是词乐专家，必定很重视格律声调，因之把他和一般盲填死腔的作家等量齐观，而忽略他一部分词以情感为主"先率意为长短句"的做法。所以我在这里特为举例指出。

总之，姜白石是一个没落官僚地主阶级的文人，他大半生生活在南宋小朝廷向敌人委曲求全的时代，他依人过活的身世，使他不敢表示鲜明的爱憎。狭小的生活圈子，又使他不可能深透地认识社会现实，于是"仗酒祓清愁，花销英气"（白石《翠楼吟》句），就成为他排遣精神苦闷的唯一方法。表现在文学上的努力，也只会有艺术技巧的追求。江西派已不能满足于时代要求，但他对它却是积习难忘。陆龟蒙的生活态度又恰和他的心情相契合，于是江西和晚唐的诗风便间杂出现在他的作品里。

由于阶级意识和实际生活的局限，他的文学在当时不可能属于代表社会反抗势力的一面。南宋末年，民族矛盾更趋激烈，宋词在那时放射了它最后一次的光芒。那时的作家像文天祥、刘辰翁、刘将孙诸人是属于辛弃疾一派的，王沂孙、张炎诸人是属于白石一派的。就它的思想内容论，足以代表那个时期进步倾向的宋词，无可怀疑是属于辛派而不是姜派的了。

不过，在南宋词坛上，白石词的影响，还是不应忽视的。白石在婉约和豪放两派之外，另树"清刚"一帜，以江西诗瘦硬之笔，救温庭筠、韦庄、周邦彦一派的软媚；又以晚唐诗绵邈风神救苏辛派粗犷的流弊，这样就吸引了一部分作家。我们看宋末柴望自序《凉州鼓吹》（即《秋堂诗馀》）有云："……词起于唐而盛于宋，宋作尤莫盛于宣、靖间，美成、伯可各自堂奥，俱号称作者；近世姜白石一洗而更之，《暗香》、《疏影》等作，当别家数也。大抵词以隽永委婉为尚，组织涂泽次之，呼嚎叫啸抑末也。惟白石词登高眺远，慨然感今悼往之趣，悠然托物寄兴之思，殆与古《西河》、《桂枝香》同风致，视青楼歌《红窗曲》万万矣。故余不敢望靖康家数，白石衣钵或仿佛焉。故以鼓吹名，亦以自况云尔。……"柴氏于"组织涂泽"、"呼嚎叫啸"之外，特别拈出白石的"隽永委婉",虽然以"隽永委婉"四字概括白石词风,未尽确切,但可见宋季词坛确有此一派。后来朱彝尊作《黑蝶斋诗馀序》说:"词莫善于姜夔,宗之者张辑、卢祖皋、史达祖、吴文英、蒋捷、王沂孙、张炎、周密、陈允平、张翥、杨基,皆具夔之一体……"并可见这派声气不小(吴文英不应属姜派,由朱氏误以吴词中之姜石帚当白石,故有此说)。所以我说白石在苏、辛与周、吴两派之外,是自成一宗的。

宋末词家承周与承姜,各有分属。如吴文英是周的嫡派,张炎属于白石,而周密则在白石、吴文英之间(他选《绝妙好词》,录白石、文英两家作品都多至十馀首可见)。我们论周、姜两家的影响利弊,也不能混同。注重研辞练句,过分讲究技巧,是两家共同的倾向。但因重视音律而牺牲内容,因涂饰辞藻而隐晦了作品的意义,则周派的流弊大于姜派。南宋黄昇作《花庵词选》说"白石词极精妙,不减清真乐府,其间高处有美成所不能及"。这评论是对的。至于白石在音乐史、书艺史和文学批评史上的地位和贡献,以及他的乐学书艺等等与其词风之影响,都还需要有专著研究,本文戋戋,不复旁涉了。

一九五六年九月初稿,一九六〇年一月重改于杭州西溪

后　记

　　拙著《瞿髯论词绝句》自一九七九年出版以来，承学术界人士撰文评议、各地友好及读者亦来函指教，至深铭感。此次再版，在原八十二首基础上增加十八首，遵教酌予修订，统此致谢。

　　　　　　　　　　　　　夏承焘
　　　　　　　　　　一九八一年春记于北京天风阁